Du même auteur

Regarde-moi, Notabilia, 2022
Trois cercueils blancs, Notabilia, 2013
Les Oreilles du loup, Les Allusifs, 2008

EVA
ET LES BÊTES
SAUVAGES

Sur l'auteur

Antonio Ungar est né en 1974 à Bogotá ; il a longtemps habité en Palestine et séjourne à présent à Berlin. Écrivain et journaliste, il a figuré dans la liste des « Bogotá 39 », réunissant les trente-neuf meilleurs auteurs latino-américains de moins de trente-neuf ans. Ses histoires ont été publiées dans plus de vingt-cinq anthologies en cinq langues. Il travaille comme correspondant pour des journaux espagnols, italiens, colombiens et mexicains, publie régulièrement des articles aux États-Unis et aux Pays-Bas, et remporte en 2005 le prix de journalisme Simón Bolívar. Il a été finaliste du prix Courrier international « Meilleur livre en langue étrangère » pour *Les Oreilles du loup*, publié aux Allusifs en 2008. Ses deux derniers romans, *Trois cercueils blancs* (lauréat du prix Herralde) et *Regarde-moi*, sont parus chez Notabilia.

Eva et les bêtes sauvages est basé sur des faits réels, et le lieu choisi n'est pas le fruit du hasard : Antonio Ungar a vécu à Inírida de 1998 à 1999, où il a effectué un travail social et des recherches dans le cadre de sa formation d'architecte. Il a pris des notes. Ce qu'il considère comme l'échec des accords de paix entre le gouvernement colombien et les FARC l'a poussé à reprendre ce projet, donnant ainsi naissance à ce roman.

Antonio Ungar

EVA
ET LES BÊTES
SAUVAGES

roman

traduit de l'espagnol (Colombie) par
Robert Amutio

NOTAB/LIA

ISBN : 978-2-88250-905-5

Ce roman est basé sur des événements réels qui se sont déroulés à Puerto Inírida, en Colombie, du 17 au 21 novembre 1999.

La balle entra juste sous la clavicule, mais Eva ne ressentit aucune douleur. Elle entendit le bruit de la chair qui se déchirait, le bruit de son corps qui tombait au fond. Elle regarda son épaule et ne remarqua rien jusqu'à ce que sa poitrine et son dos commencent à s'imprégner. Elle se demanda si cela venait de l'eau stagnante du canoë, elle la trouva trop chaude. Elle réussit à soulever sa tête de quelques centimètres, juste assez, et la vue du sang et le choc de la douleur lui parvinrent en même temps. Une douleur qui ne ressemblait à rien qu'elle connût : trop forte pour les cris, pour les larmes, une douleur qui l'empêcha de bouger à nouveau et l'étouffa presque. Comme si elle n'était pas là, comme si tant de souffrance l'avait projetée hors de son corps, elle se demanda si la balle avait traversé son cœur, si elle avait fait éclater une artère. Peut-être que c'était comme ça que tout finissait. Peut-être était-ce là sa mort : gisant dans une mare de sang, au fond d'un canoë à la dérive, au cœur perdu de la jungle de l'Orénoque. Elle ressentit alors un bien-être duveteux et se souvint, avant de perdre conscience, du voyage aérien de sa première dose d'héroïne. Elle eut un rire sonore. Sa première dose d'héroïne. Elle rit plus fort encore en entendant son propre rire. Puis lâcha prise.

1

Personne dans le port ne connaissait son prénom. C'était Ochoa, il était gros et se déclarait délégué des orpailleurs des rivières Atabapo, Inírida et Guainía. Un jeudi après-midi, sous les dernières gouttes d'une averse impitoyable, il apparut, haletant et boitant, sur les marches du dispensaire. Dès le début, il simula une affection vague et généralisée, très semblable à une vraie maladie des tropiques, mais le seul mal dont il souffrait était le besoin désespéré, vertigineux, jamais éprouvé auparavant, de rencontrer une femme. Une femme bien concrète, vivante, qui respirait entre les quatre murs du dispensaire.

L'infirmière Eva, alias Vale, alias La Titi, alias Ti, était arrivée à Puerto Inírida neuf mois plus tôt, et depuis, elle n'avait rencontré aucun homme et ne s'était fait aucun ami. Elle allait directement du travail au *galpón*, un hangar réhabilité qu'elle louait près du port, constitué d'une simple cuisine, d'une salle de bains et d'un hamac. Elle ne sortait que pour acheter l'essentiel, et son unique loisir consistait à se rendre tous les samedis à la même heure au Caney, l'unique *bailadero* du port, pour danser seule, comme si elle flottait, loin au-dessus de ce qu'Ochoa considérait comme la médiocrité des femmes mariées et la vulnérabilité des femmes célibataires.

Elle avait une force qu'Ochoa n'avait jamais vue chez une femme instruite de la ville, et pourtant elle semblait s'en remettre corps et âme à un destin sans échappatoire, assumer à elle seule le poids d'un héroïsme qu'il avait trouvé extrêmement touchant, absolument prête à mourir de tristesse pour un passé mort et à disparaître sans laisser de traces dans l'un des coins les plus reculés de cette jungle humide et sombre.

La première chose que fit Ochoa fut de simuler une fièvre paludéenne, juste pour pouvoir la voir de près en tête à tête. Il la trouva beaucoup plus jolie que dans le dancing. Elle se déplaçait avec l'assurance d'une infirmière accomplie, réalisant son travail avec le sérieux absolu d'une petite fille qui se livre à un jeu important, et cela l'impressionna suffisamment pour qu'il lui avoue, au bout de dix minutes, sur la balance, qu'il n'avait rien : il n'était pas malade, il avait inventé cette histoire de fièvre pour pouvoir la voir.

Elle le regarda de haut en bas avec un sourire méprisant et le fit se sentir comme ce qu'il était vraiment : un quinquagénaire obèse, solitaire, ennuyeux et désespéré. Lui ne se découragea pas. Il lui dit qu'il avait passé tous les samedis soir des deux derniers mois à boire avant l'heure au Caney, cherchant un moyen de l'inviter à danser mais n'osant pas le faire. Il lui dit qu'il voulait la rencontrer, que c'était pour cela qu'il lui avait menti. Il l'invita à manger, le soir même, dans le seul restaurant du port, réservé aux fonctionnaires et aux membres de la marine.

Eva lui répondit immédiatement. Qu'elle était infirmière, pas idiote ni putain, et que, à moins d'avoir une vraie maladie, il ne devait pas revenir la voir. El Gordo, bien sûr, fit exactement le contraire. Cette rencontre lui fit comprendre qu'il ne pourrait la conquérir qu'en la faisant rire ou prendre en pitié son déraisonnable acharnement, alors, trois fois par semaine, pendant sept semaines, il l'attendit à sept heures pile à la porte du dispensaire, et, à chaque rencontre, il lui débita des paroles d'adolescent amoureux, dignes d'une mauvaise *telenovela*, qui ne correspondaient ni à son apparence ni à sa profession : il s'était efforcé d'être malade toute la semaine, il pensait que la seule maladie dont il souffrait était la maladie d'amour, s'il ne pouvait pas la voir, le reste de la journée ne valait pas la peine d'être vécu.

El Gordo Ochoa était aimé et craint à parts égales, même si tout le monde, dans ce port fluvial comme dans ceux du Sud-Est, savait que la partie la plus rentable de l'affaire, l'immense rivière Guaviare, n'appartenait pas à ses patrons, mais au paramilitaire Victor Carriazo. Connu sous le nom d'El Minero, avant de posséder un cinquième des terres d'élevage des Llanos orientales, le commerce de la coca dans les contreforts de la cordillère Orientale, le commerce des armes et les taxes sur le forage pétrolier, il avait été patron des très riches mines d'émeraude de l'Altiplano.

L'orpaillage était sa dernière conquête, et il le gérait avec la même ruse et la même poigne de fer qui l'avaient rendu maître de tout le reste. Douze dragues sur la rivière Guaviare étaient à lui, les meilleures ; treize autres avaient leurs propres propriétaires. Ancrées dans des affluents mineurs et des cours d'eau tranquilles, au plus profond de la jungle, elles appartenaient à quiconque était prêt à tout risquer en échange de médiocres profits, et étaient exploitées par de très jeunes mineurs qui n'avaient rien à perdre, acculés par la vie dans cette jungle en échange de nourriture et de pas grand-chose d'autre.

Les patrons d'El Gordo Ochoa étaient d'un autre genre, deux frères caribéens qu'on surnommait « Los Lindos » – les beaux gosses –, silencieux gérants du transport illégal d'hydrocarbures le long des frontières orientales, de l'extorsion des chauffeurs routiers dans le Nord et dans l'Est, des grandes mines d'or des jungles du Darién, de petits orpaillages sur l'Inírida, et, occasionnellement, investisseurs dans d'importantes expéditions de cocaïne vers le Mexique via le Pacifique. Ils étaient aussi rusés qu'El Minero et disposaient d'une armée presque aussi importante, mais la leur était divisée en unités indépendantes, dispersées dans tout le sud et l'est du pays.

El Gordo était né dans l'un des rares hameaux paisibles de la cordillère Centrale et avait travaillé toute sa vie pour Los Lindos. Il avait quitté son foyer à l'âge de treize ans, fuyant un père violent, et son envie d'aventure l'avait conduit dans les Llanos orientales, où il avait commencé au bas de l'échelle, comme simple assistant des gangs chargés d'intimider les camionneurs. Son charisme, son goût pour le danger et son caractère affable en avaient rapidement fait le contremaître des dragues dans le Chocó, puis le coordinateur logistique des vols de carburant à la frontière orientale.

Comme tous ceux qui prospèrent dans l'économie illégale, Los Lindos comprenaient parfaitement les règles du contrôle territorial. Ils n'empiétaient pas sur les intérêts du Minero, ne pénétraient pas dans les zones de guérilla, remettaient sans discuter les terres que n'importe laquelle des armées paramilitaires réclamait, payaient aux policiers et militaires le racket qu'ils exigeaient, évitaient les grands mafieux, et leur seule relation avec le narcotrafic consistait en des investissements très sporadiques, et toujours anonymes, à travers des hommes de paille, dans des cargaisons particulièrement rentables et sûres.

En achetant les politiciens nécessaires, ils avaient bâti un empire criminel bien compartimenté, qui passait sous les radars, inconnu de la presse, connu de ses seules victimes, tapi dans tous les recoins où l'État n'arrivait pas. En récompense de sa gestion impeccable du vol de carburant et de sa capacité de survie, et à peine quinze ans après avoir commencé à travailler avec Los Lindos, Ochoa avait reçu le pilotage de toutes les opérations d'extraction minière des trois rivières rentables du bassin de l'Orénoque. Son salaire restait très élevé, mais il recevait en plus de généreuses commissions quand la production globale dépassait ce qui était attendu.

Au cours de la huitième semaine, sur le point d'abandonner sa cour, Ochoa dit à Eva que, si elle n'acceptait pas de sortir avec lui, il ne lui resterait pas d'autre solution que de se poignarder. Apercevant sur son visage l'esquisse d'un sourire, il décida de prendre sa propre boutade au mot. Le lundi suivant, à six heures du matin, avec le naturel et la détermination qui le caractérisaient, il se planta un couteau à lame courte dans une cuisse. Versé dans l'anatomie grâce aux hauts et bas de la guerre, il ne sectionna ni les tendons ni les ligaments, et le couteau était resté bien planté là, le manche dépassant de la plaie sanguinolente. Pour compléter l'effet recherché, il enfila un short, qui lui servait habituellement de bas de pyjama, et sortit comme ça dans la rue : short, pistolet à la ceinture, ventre à l'air, avec le sourire filou habituel, malgré la douleur et la claudication.

Plus sérieuse et plus contrariée que jamais, Eva n'eut d'autre choix que de l'allonger sur une civière, lui enlever le pistolet et extraire le couteau tandis qu'il poussait des cris de douleur mêlés à des éclats de rire, tout en cherchant à capter son regard. Ce matin-là, il posa clairement les termes de leur relation. Et la fit enfin céder. Soit elle allait dîner et danser avec lui vendredi, soit il enfoncerait le second coup de couteau dans son propre cou, et elle, elle raterait le meilleur homme de toute la jungle de l'Orénoque. Elle ne rit pas, n'interrompit pas ses gestes, ne le regarda pas dans les yeux, mais elle lui répondit, comme pour sceller une transaction en bonne et due forme, qu'elle acceptait, mais uniquement parce que son devoir en tant qu'infirmière était de protéger la vie humaine, même si cette vie était celle d'un gros type dingue.

C'était dit sur le ton de la plaisanterie, la plaisanterie sérieuse d'une femme qui était trop jeune pour avoir autant souffert, mais une plaisanterie tout de même, et Ochoa quitta le dispensaire le visage éclatant de bonheur, pour revenir cinq minutes après avec un immense bouquet des seules fleurs qui existent dans l'Orénoque, qui ne sont pas des fleurs : les *guacamaya superba* de l'Inírida, pareilles à des charbons ardents, si difficiles à cueillir dans les marécages.

Le vendredi suivant à sept heures du soir, Ochoa vint chercher Eva au *galpón*. El Gordo lui demanda des nouvelles de sa fillette, Abril, et elle lui dit avec sa tête d'infirmière que ce n'était pas son affaire, tout en lui répondant comme si ça l'avait été : Abril dormait, Abril était suffisamment grande pour rester seule, une des voisines était son amie. Et ils s'en allèrent. Lui avec sa meilleure chemise et le meilleur pantalon qu'il avait, elle en jeans avec un tee-shirt à moitié délavé, comme pour signifier que rien de tout ça n'était bien sérieux, qu'elle ne le faisait que pour s'épargner un nouveau blessé dans la salle des urgences. Aux yeux d'Ochoa, c'était la plus jolie fille du monde, et c'est ce qu'il lui dit, n'obtenant en guise de réponse qu'un petit rire dédaigneux.

Il l'interpréta comme un bon signe, et tandis qu'ils s'acheminaient vers le Caney, après un très long silence, il lui exposa sa vision de l'existence, sans attendre de mieux la connaître ni même qu'ils soient tous les deux soûls. *La vie n'est facile pour personne, mais encore moins dans mon travail, Eva. Mon meilleur ami a été tué à coups de machette par un guérillero ivre. Mes plus fidèles employés, des enfants, ont été torturés et fusillés par des paramilitaires sur la place d'un village, devant leurs familles. Ma seule femme, on l'a violée et jetée vivante dans la rivière Vichada, et on n'a jamais su ni qui ni pourquoi. Ne plus vouloir avoir de relations avec qui que ce soit est une solution facile, celle des lâches.*

Et une fois prononcée cette phrase cruelle et hors de propos, alors que les lumières du Caney éclairaient déjà leurs visages, il lui proposa un pari. *Si dans un mois je ne suis pas capable de vous convaincre de sortir de votre grotte, je me casse de cette ville pour toujours.*

Le travail de séduction dura exactement le mois qu'Ochoa avait fixé dans ses termes. Pendant les cinq derniers jours, il fut convaincu d'avoir perdu. Cette force de volonté, qui était ce qu'il aimait le plus en elle, paraissait entièrement dirigée vers l'autodestruction ; c'est ainsi que, au cours du dernier après-midi, sous la douche, en se préparant pour le bal, il s'était demandé s'il aurait réellement le courage de la laisser l'abandonner, le courage de ne plus la voir.

Quand il se rendit compte qu'il était vraiment effrayé, pour la première fois de sa vie, tandis qu'il se parfumait, relevait le col de sa chemise, il comprit que non seulement il n'avait pas réussi à la convaincre de s'ouvrir au monde, de reprendre goût à la vie, mais encore que, dans le processus de cette tentative de sauvetage, il était tombé amoureux, et qu'il n'arrivait même plus à en rire, là, dans le miroir (à rire de lui-même, comme ça, de sa détermination tragique à elle, de son amour de feuilleton télé à lui).

Tandis qu'il se dirigeait vers le Caney tout en l'imaginant, efflanquée, suante, à demi soûle à la table habituelle, il comprit qu'il ne pouvait désormais plus se dérober, et ce qui lui avait paru un défi à la mesure d'une telle femme, une difficulté à sa hauteur, s'était transformé en un piège dont il ne pourrait plus sortir indemne.

Arrivé au Caney, il s'assit seul à une table et commanda une bouteille de rhum blanc. Au bout d'une demi-heure il avait refusé trois invitations à rejoindre d'autres tables, avait enduré le regard narquois de plusieurs curieux, s'était donné plusieurs échéances qu'il n'avait pas tenues pour se casser de là. Eva ne s'était toujours pas montrée. À onze heures du soir, tout juste descendus des embarcations, les mineurs arrivèrent, les mineurs qui n'appartenaient pas à Los Lindos, et, en un seul groupe sale et bruyant, ils s'emparèrent de trois tables depuis lesquelles ils jetaient des regards de haine et de curiosité mêlées sur tous les autres ivrognes.

Sous l'immense toit de palmes du Caney, les bacheliers buvaient déjà depuis une demi-heure en écoutant les histoires des mineurs, lorsque les lycéennes commencèrent à arriver. Les lycéens étaient déterminés à en emmener une au lit, peu importe laquelle, peu importe comment. Elles avaient quinze ou seize ans, comme eux, étaient vierges, comme eux, et donc inaccessibles, mais elles étaient aussi les seuls corps à disposition, et les lycéens étaient convaincus qu'avant la fin de l'année, ils sauraient ce que c'était que d'être à l'intérieur d'une femme.

Les lycéennes, toujours sérieuses, silencieuses, se savaient désirées par ces jeunes hommes, bien sûr, mais aussi par tous les hommes de la ville en âge de s'accoupler. À Puerto Inírida, comme dans tous les villages du Sud (et comme dans les mines de la cordillère, dans les cuisines-laboratoires des mafieux, dans les campements de fortune de la guérilla, dans les camps paramilitaires, aux abords des casernes, dans les hameaux des colons), à l'exception d'une poignée de quartiers aveugles des grandes villes, une femme était majeure quand elle était en âge de se reproduire.

Les filles, ces filles de Puerto Inírida qui ressemblaient tant à des femmes adultes et expérimentées, n'étaient pas faciles. Elles grandissaient à des milliers de kilomètres des premiers villages des plaines, affrontaient seules l'ennui, leurs familles, la jungle, tous ces prédateurs, et elles étaient convaincues, presque toujours à tort, qu'elles étaient capables de se défendre.

À minuit, les lycéens étaient déjà très soûls. Celui qui avait l'air le plus enfantin demandait aux mineurs de leur raconter encore des aventures, qu'ils lui décrivent tout, s'approchant trop près de leurs visages et de leurs poignards. Il se maîtrisait, cet enfant enhardi par la boisson, pour ne pas le dire : qu'ils mentaient, qu'il fallait arrêter de mentir, que le travail dans les dragues était le pire de tous, que c'était comme de remuer de la merde au fond d'un puits. Qu'ils l'avouent : ils avaient passé quatre mois au fond de la jungle à travailler douze heures d'affilée sous l'eau, la peau en lambeaux, à respirer dans l'obscurité à travers un tuyau, bouffés par les parasites et rendus sourds par le bruit des moteurs qui crachaient de la boue toute la journée et toute la nuit.

Qu'ils le disent, puisqu'ils étaient si bavards : que maintenant que les quatre mois de leur saison étaient passés, oui, ils allaient recevoir une petite fortune, mais seulement en récompense d'avoir survécu là où les autres avaient crevé. Qu'ils l'admettent, le savaient-ils seulement ? : les propriétaires des mines, ceux qui les conduisaient dans de petits bateaux à moteur jusqu'aux pires méandres des rivières, ceux qui leur remettaient à la fin les liasses de billets et les dix grammes d'or, c'étaient les mêmes qui possédaient les trois salles de billard et les commerces d'alimentation où ils allaient dépenser jusqu'à leur dernier sou (jusqu'au moment où il n'y avait plus rien à acheter, où le désespoir était si grand qu'ils retournaient à l'enfer des dragues).

Malgré les ivrognes et les vallenatos joués à fond sous le toit de palmes du dancing, quand enfin Eva arriva, tous s'étaient sentis apaisés. Les lycéens étaient parvenus à tenir jusqu'à minuit en évitant les bagarres, n'avaient pas crié, avaient payé ce qu'ils avaient bu, les mineurs n'avaient agressé personne et ils en étaient à présent récompensés par l'apparition d'Eva Díaz, flottant presque au-dessus des petites marches en ciment.

Comme d'habitude, elle dansa un peu seule avant de s'asseoir à la table d'El Gordo. Ils passèrent ensuite une demi-heure en silence à regarder les étudiants et les mariniers et les mineurs qui dansaient avec leurs copines du moment. Et à boire. Une demi-bouteille de rhum, puis une autre demi-bouteille, puis plusieurs bières.

El Gordo était déjà égaré, étourdi d'ivresse, se demandant s'il devait repartir chez lui dormir ou accompagner Eva jusqu'à sa porte pour ce qui serait peut-être leur dernière soirée ensemble, quand il sentit sa main, minuscule, légère comme un oiseau, se poser sur la sienne. Ils dansèrent. Sur la chanson qui était en train de passer, puis une autre. Et encore une autre. Titubant d'ivresse d'abord, se regardant dans les yeux ensuite. Quand le troisième morceau prit fin, Eva revint à la table sans lui lâcher la main, cacha sous le cendrier l'argent nécessaire et l'entraîna sur les marches du port.

Elle s'assit, attendit qu'il fasse de même et posa cette main si légère sur sa nuque et le rapprocha d'elle, comme si c'était elle le type de cinquante ans, et lui la jeune femme triste, puis l'embrassa. Lui, confus, anesthésié par l'alcool, ne put que rester immobile, entrouvrir sa bouche et la laisser faire. Une fois le baiser fini, très long, très doux, elle le lâcha, tourna la tête pour fixer les eaux noires de la rivière, et, sans le regarder, elle lui expliqua.

Ils vivraient ensemble. Son contrat d'infirmière prenait fin dans six mois. Si, passé ce délai, elle n'était pas tombée amoureuse de lui, elle quitterait la jungle avec sa fille, elle s'en irait vers la cordillère ou les Caraïbes ou le Pacifique. Si c'était le contraire qui arrivait, ils vivraient ensemble. Ce qui se passerait après, elle ne pouvait pas le prévoir. Alors, elle se tut et ils restèrent là, comme ça, à regarder le ciel sans lune, la rivière, la silhouette noire de la jungle : sans se toucher, sans ouvrir la bouche, tous deux sachant que le silence partagé scellait le pacte, et que c'était une bonne nouvelle.

Ce qu'ils ne savaient pas à ce moment-là (et ils le sauraient très vite, quand ce serait trop tard), c'était que leur destin dépendait de gens qu'ils n'avaient jamais vus : de l'adresse d'un tireur paramilitaire, d'un gouverneur magnanime, d'un enfant aux ambitions de mafieux, d'une proxénète qui avait l'air d'une grand-mère bienveillante. Et ils ne savaient pas non plus, pour leur malheur, que ce qui les séparait de la mort n'était qu'une rumeur, la pire des rumeurs, rugissant parmi les ombres de la jungle impénétrable, menaçant de bondir et de déchiqueter en un instant toutes les fragiles règles de la réalité connue.

2

Abril avant d'être une enfant.

En noir et blanc, sur l'écran de la machine d'échographie.

Une tache pixellisée, comme un poing coincé dans des nœuds et cependant vivante, pulsative.

En la voyant, Eva décida que non seulement elle naîtrait dans cette immense ville contre tout et contre tous, mais encore qu'elle naîtrait en bonne santé et recevrait tout l'amour qu'elle-même n'avait jamais reçu.

Elle décida que c'était une fille et non un garçon avant de pouvoir le savoir, et décida aussi qu'elle l'appellerait Abril. Ça sonnait agréablement dans sa tête, Abril, comme si le prénom inaugurait un temps nouveau, comme si en le prononçant et en l'entendant elle pouvait enfin recommencer à zéro, comme si elle et sa fille étaient les deux premières femmes sur la terre.

Eva ne savait pas qui était le père ni ne cherchait à le savoir. Quand elle apprit qu'elle était enceinte, elle appela sa meilleure amie du lycée, plus responsable et beaucoup plus riche qu'elle. Elle lui dit tout : qu'elle était enceinte, qu'elle voulait la petite fille et qu'elle n'avait pas d'endroit où vivre. L'amie fit semblant d'être enthousiasmée, mais lui demanda plusieurs fois si ça valait la peine d'avoir un enfant dans ces conditions. Plus que la logistique, ce qui l'inquiétait, c'étaient le style de vie de la mère (la défonce, l'alcool, la promiscuité) et son caractère, mais Eva était décidée et rien ne la ferait changer d'avis. « *Une* enfant », la corrigea-t-elle, c'est une fille, pas un garçon.

L'amie vivait dans un appartement dont elle était propriétaire, avec deux pièces inoccupées et trois salles de bain. Elle faisait des études de droit et avait une idée très claire de ce qu'elle allait faire de sa vie. Elle aimait Eva parce que c'était comme ça, à cause de l'enfance, mais elle ne la comprenait pas et ne partageait pas ses intérêts, c'est pourquoi, au cours des conversations qui suivirent, comme si de rien n'était, elle lui expliqua les règles de leur cohabitation. Dans l'appartement, pas question de beuverie, pas question de défonce. Ordre et propreté. Elle l'hébergerait aussi longtemps qu'elle le voudrait, c'était une bonne chose pour l'une comme l'autre d'être ensemble, mais Eva serait seule responsable de sa propre santé et de celle de la petite fille.

Sept mois plus tard, Eva s'émut tellement de ce petit être issu de ses entrailles, tout neuf, qu'elle délaissa la fête pendant presque vingt semaines. Elle continuait à recevoir de l'argent de son père, toujours convaincu qu'elle faisait des études en science politique dans la meilleure université du pays. Cela faisait un an qu'elle ne l'avait pas vu et tous deux étaient très heureux de cet accord. L'ayant persuadé qu'elle étudiait, elle vivait avec son argent, en échange de quoi elle n'allait pas lui rendre visite ni ne s'intéressait à sa vie, laquelle, à ce moment-là, était celle d'un accro au sexe qui dépensait tout en alcool, cocaïne et jouvencelles dans le besoin. Tout cela, elle était la seule à le savoir, et l'argent qui entrait chaque premier jour du mois était suffisant pour qu'elle garde la bouche close.

Passé cinq mois d'allaitement et de bonheur, à donner des biberons et à dormir peu, à regarder la télévision et manger et ne rien faire d'autre, un dîner entre amis dans l'appartement finit sur une bouteille de vin qui très vite se transforma en deux puis en trois. Quand les convives s'en allèrent, Eva resta à boire seule, dans sa chambre. À presque trois heures du matin, elle ne tint plus. Elle donna à l'enfant le lait en poudre de toutes les nuits, mais ajouta quelques gouttes de valériane, dont elle se servait elle-même contre l'insomnie, et fila directement au bar du centre où se retrouvaient tous les gens qu'elle connaissait.

Ils étaient là, bien sûr, et ils accueillirent son retour les bras ouverts en lui offrant tout ce qu'elle pouvait encaisser d'alcool et de marijuana. Vers trois heures trente du matin, un étudiant en médecine arriva. Caribéen, très beau, baratineur, il sut la séduire, et en moins de quinze minutes ils s'embrassaient à moitié nus dans une des toilettes. De là, ils se rendirent à un motel, et à dix heures du matin Eva se réveilla et se souvint qu'elle avait une petite fille. Elle appela du motel une nounou vieille fille et retraitée qui avait été employée dans la maison de son enfance. La dame la félicita pour son bébé et lui dit qu'elle pourrait s'en occuper cet après-midi, qu'elle pourrait rester quatre jours, oui, que ce serait avec plaisir.

Quand elle revint à l'appartement avant l'heure du déjeuner, Abril était avec son amie, qui essayait sans succès de lui donner le biberon et la lui remit sans dire un mot, la regardant de haut en bas. Eva lui donna le biberon, l'endormit, prit une douche et attendit la baby-sitter en regardant la télévision. À quatre heures, comme convenu, la dame arriva. En voyant ce visage connu, chaleureux, toujours souriant, Eva se persuada qu'elle n'avait aucune raison de se sentir coupable. Elle lui remit les biberons, lui expliqua l'essentiel, descendit en ascenseur, salua le concierge et monta dans la voiture de l'apprenti médecin.

Elle passa quatre jours chez les parents du garçon. À tremper dans la piscine, boire des margaritas, baiser plusieurs fois par jour. Eva était heureuse, s'imaginait que l'amour de sa vie pouvait bien être celui-ci. La dernière nuit, le jeune natif de la côte caribéenne l'invita à dîner dans un restaurant mexicain. Une heure après, ils étaient complètement soûls. Six bières chacun, deux petits verres de tequila, deux de mezcal. La sensation d'ivresse et les envies de baiser sans interruption furent trop fortes pour être mises de côté et retourner à l'appartement. Elle parla avec la nounou, qui lui dit qu'Abril était une petite fille très sage et très souriante. Eva lui demanda combien elle prendrait pour trois jours de plus.

Elle passa les trois jours enfermée dans l'appartement du médecin, à voir des films des années 1970 et se faire livrer des repas. La nuit venue, elle crut qu'elle serait capable de prendre congé, de sortir dans la rue pour chercher un taxi, de revenir dans la vie réelle. Mais au lieu de cela, la voix du bonheur lui conseilla de fumer davantage de cette marijuana si douce de la sierra qu'il lui offrait en échange de plus de sexe. Ils sortirent de nouveau faire la fête.

Ils se rendirent dans une boîte de nuit pour jeunes, au dernier étage d'un gratte-ciel, recommandée par un autre étudiant en médecine, et c'est là qu'Eva perdit la tête. L'étudiant acheta des acides. Il la convainquit que c'était la meilleure de toutes les drogues, il lui dit qu'elle le remercierait. Au lieu d'acides, on lui avait vendu une drogue stimulante capable de faire oublier à qui la consommait qui il était et où il se trouvait. Un cachet jaune qui procura d'abord à Eva une montée comme elle n'en avait jamais eu, qui la fit presque sauter par la fenêtre de la discothèque pour prouver qu'elle pouvait voler, et la plongea ensuite dans une crise de paranoïa d'une ampleur inédite.

Elle crut que tous ces jeunes gens qui dansaient n'étaient là que pour la coincer et l'assassiner, et quand, bousculant les présents, talonnée par l'étudiant qu'elle ne reconnaissait plus, elle réussit à atteindre la rue, elle crut que lui aussi la poursuivait, qu'elle devait prendre un taxi avant que ce type ne la violât. Elle se mit à courir vers les hauteurs de la ville, jusqu'à se perdre parmi les ruelles les plus dangereuses du Centre. Elle finit assise sur un trottoir, la tête entre les genoux, les yeux exorbités, se balançant d'avant en arrière, répétant un même son guttural, jusqu'à ce qu'une patrouille de police la sauvât des bandes de voleurs souriants qui à cette heure parcouraient sans hâte les trottoirs à la recherche de gentils jeunes gens ivres morts.

Elle rejoignit l'appartement, déprimée, défaite, prise d'une haine éternelle contre l'étudiant en médecine, mais le remords ne dura qu'une semaine. Elle continua à obéir à ce que son corps demandait, mais sut le cacher très bien. Elle payait pour des cours auxquels elle n'assistait jamais. Avec l'argent de son père, une bonne somme, elle sortait faire la fête deux ou trois fois par semaine. Cinq mois plus tard, comme si elle n'avait pas tiré de leçon de la nuit aux faux acides, elle se fourra dans une situation encore plus grave. Cela faisait deux jours et deux nuits qu'elle passait à boire et à danser. Au matin du troisième jour, elle et les cinq soiffards qui l'accompagnaient prirent leur petit-déjeuner dans un *amanecedero*, un restaurant pour taxis de nuit, en compagnie de deux putes défoncées qu'ils avaient rencontrées dans le dernier bar où ils étaient passés et de deux dealers qui à un moment ou à un autre de la nuit étaient apparus, égayés par leurs bonnes affaires.

Il n'y avait rien de mauvais à cette escapade fugace hors des quartiers riches et beaucoup de bon : rigolade, marijuana à volonté, bouteille de rhum, bouillon de côtes, riz réchauffé. À neuf heures quelqu'un mentionna une rave en dehors de la ville, du côté de l'autoroute Nord, sans aucune restriction. Eva regarda celui qui parlait. C'était un gamin de dix-sept ou dix-huit ans, avec la tête d'avoir encore moins dormi qu'elle, un gamin avec qui elle coucherait sans hésitation, un gamin capable de lui apprendre les vertus de la musique électronique et des drogues associées.

Entre-temps, les deux putes avaient convaincu les dealers des mérites de vendre de la coke, des cachets et des ecstasys dans une immense fête pleine de gamins friqués, et c'est ainsi que tous les dix arrivèrent ensemble. Elle et les cinq jeunes gens de bonne famille, deux dealers et deux putes en jour de repos.

La fête fut bien meilleure que toutes celles dont elle se souvenait. Les dealers leur avaient offert de l'ecstasy pure, de première qualité, qui les avait fait s'aimer infiniment les uns les autres. Eva n'en avait jamais goûté, et cette drogue lui sembla bien meilleure que la marijuana, surtout prise ainsi, en compagnie de ces milliers de jeunes hommes et femmes, innocents et riches, sans soucis, convaincus de vivre dans un autre pays, un pays beaucoup moins pauvre et en paix.

Eva et le bel adolescent finirent par baiser sous l'estrade. Elle ne s'était jamais sentie aussi bien, et c'est ainsi qu'elle accepta une ligne de cocaïne qui se transforma en trois avant d'arriver au parking, où les attendaient des autocars loués par les organisateurs pour rapatrier les jeunes ivres et défoncés dans leurs quartiers du nord de la capitale. Ils se fourrèrent dans un hôtel quatre étoiles avec son fric à lui et baisèrent jusqu'à cinq heures de l'après-midi. Entre deux assauts, ils fumèrent de la marijuana et burent de la vodka, et chaque baise leur sembla meilleure que la précédente. À cinq heures, le jeune type lui dit qu'il devait aller en cours, que ça faisait une semaine qu'il n'allait pas à l'université. Il commanda un taxi, prit congé d'elle par un long baiser, lui donna son numéro de téléphone et lui dit qu'ils se reverraient pour la rave du week-end prochain.

Deux secondes après son départ de la chambre, Eva sentit son corps devenir si chaud qu'elle crut qu'elle allait crever, victime de combustion spontanée. Jamais son cerveau n'avait été si lucide, ni si sûr de lui, ni si rapide, jamais son corps n'avait expérimenté une telle chaleur. Sans être consciente de ce qu'elle était en train de faire, complètement absorbée dans la rapidité de ses propres idées et par une sensation irrépressible de liberté, d'invincibilité, elle se défit de la chemise, du pantalon, des chaussettes et elle descendit en titubant les marches jusqu'au hall de l'hôtel en criant comme si sa peau était bel et bien en proie aux flammes.

Le bagagiste de l'hôtel grimpa le plus vite possible jusqu'à la chambre et trouva un téléphone portable. Il appela un numéro enregistré au nom de « papa » et ce fut lui qui répondit.

Ce fut l'avant-dernière fête de sa jeune vie. Effrayée par les effets de la drogue, par l'absence de peur lors de ces nuits de débauche, par cette sensation qu'elle avait eue à la fin, qui aurait pu l'entraîner dans la mort, et déprimée de se réveiller avec le berceau de son petit bébé à côté d'elle, elle décida de changer radicalement de vie. Plus de beuveries, ni de drogues, ni de fêtes. S'occuper d'Abril et faire des études d'infirmière pour pouvoir enfin foutre le camp de cette ville qui semblait s'obstiner à l'avaler.

Elle employa toute sa force à tenir sa promesse. Elle assista aux cours, étudia, se concentra sur chaque détail de la croissance d'Abril, respecta les horaires, fréquenta ses camarades de lycée et mangea à intervalles fixes, se promettant à chaque action une vie plus libre et plus vraie, plus tard, avec sa fille, une fois satisfaites les exigences de ce purgatoire.

Quand la fillette eut trois ans, Eva acheva ses études d'infirmière. C'était une activité méprisée par ses anciennes camarades, c'est pourquoi, dès qu'elle eut fini, elle cessa de les voir, ainsi que ses cousins et son père, évitant ainsi d'avoir à donner des explications. Elle usa en revanche de ses privilèges pour obtenir son premier travail, devenant l'une des trois infirmières en chef du pavillon d'oncologie de la meilleure clinique privée de la ville.

Elle travaillait huit d'heures d'affilée, entre cinq heures du matin et une heure de l'après-midi, et ainsi, quand Abril sortait de la garderie, elles passaient les après-midi à manger des glaces ou à jouer ensemble dans les jardins ou à regarder des films dans le minuscule appartement qu'elle avait obtenu dans un quartier pas trop ennuyeux, de classe moyenne, et qu'elle payait avec son propre argent. Tout semblait enfin sous contrôle et elle n'était pas disposée à sacrifier cette sensation d'être utile dans le monde, de se préparer pour quelque chose de meilleur.

3

La première fois qu'on entendit la nouvelle dans le port, ce fut dans le meilleur lit du Cielo, l'unique bordel.

Après le sexe, le client de Cindy, la plus jeune des trois putes, paya une heure de plus à l'avance uniquement pour parler. Il venait de passer quatre mois entiers, complètement seul, dans un campement misérable en pleine jungle, à attendre trois cargaisons d'armes qui n'étaient jamais arrivées. Sa mission était de recevoir les caisses que lui apporterait un canot à moteur par un petit cours d'eau et appeler alors d'autres canots, planqués dans la jungle, pour qu'ils viennent les chercher, les caisses et lui, le conduisent au port et le ramènent chaque fois. En échange, il recevrait un salaire suffisant pour vivre six mois.

Coincé dans ces marais infects, il avait attrapé la leishmaniose, des fièvres malariennes, une diarrhée continue de dix jours qui le tua presque, et souffert d'un gonflement des jambes qui l'avait empêché de marcher pendant une semaine. Il s'était fracturé un orteil du pied gauche en essayant de grimper à un arbre pour voir quelque chose d'autre que la pénombre sous les cimes impénétrables. Il avait été parasité par des lentes et des poux, dévoré par des moustiques et des fourmis. Finalement, boiteux, amaigri et couvert de plaies, il avait été récupéré et conduit en ville, où on ne lui avait pas donné l'argent promis et signifié que, si on ne l'avait pas laissé crever de faim dans la montagne, c'était grâce à la charité d'un batelier qui s'était proposé d'aller le chercher.

Ce survivant anonyme, reconnaissant de pouvoir lui raconter tout ça et lui faire un résumé du reste de sa vie (d'ex-voleur, ex-cueilleur de feuilles de coca, ex-guérillero), était maintenant allongé dans le lit de Cindy, sur le dos, les mains sous la nuque, se retournant pour voir comment cette femme mince et très élancée sortait de la douche pour continuer à l'écouter jusqu'à ce que le temps payé s'écoulât. Ce fut au moment où elle enleva sa serviette et se regarda dans la glace ébréchée de la porte de la salle de bains, dévoilant ses seins minuscules, son nombril un peu saillant, ses hanches très larges, que l'homme le lui dit.

Dans un méandre de la haute rivière Inírida, Cindy.

Beaucoup d'or.

Tellement que la ville entière va devenir riche.

Et moi je vais me dégoter un petit boulot de batelier avec une curiara *bien à moi et me louer une petite maison pour vivre tranquille.*

Elle s'approcha du lit après s'être badigeonnée de déodorant et lui caressa la tête comme à un enfant. *Ce sera tout comme ça*, lui dit-elle en le serrant contre sa poitrine. *On deviendra tous riches, mon petit chéri, tous – tous.*

Son vrai nom était Ana. Ana López. Elle était née dans un village de la cordillère où on semait du café et de la canne à sucre. Sa mère, deux de ses tantes et sa grande sœur étaient des putes. L'une des tantes et sa sœur en Espagne, d'où elles envoyaient de l'argent et appelaient en demandant qu'aucune autre d'entre elles ne vienne, parce que la vie dans les bordels routiers était trop dure. D'aussi loin qu'elle avait des souvenirs, elle avait vécu avec des putes. Elle avait grandi dans une bâtisse de l'époque coloniale. Dans les deux chambres qui donnaient sur la rue, elle et ses cinq frères dormaient. Celles de derrière, sur cour, étaient pour les clients, qui au départ s'étaient occupés de ses tantes et de sa mère, puis, plus tard, d'elle.

Elle avait toujours choisi ses clients, elle s'était toujours sentie protégée chez elle. Quand la mafia locale avait augmenté le prix de la taxe sur le commerce et que sa mère fut contrainte de fermer, Ana décida de s'en aller avec une voisine travailler dans le bordel d'une connaissance, à Villavicencio. C'était une maison close pour hommes friqués qui ne voulaient que des femmes de moins de vingt ans, élancées, minces comme elle. Elles pouvaient faire leur travail dans la chambre, dans l'hôtel du patron ou dans ceux des clients. Ils venaient presque toujours de la jungle, où ils trafiquaient de la coca, de l'or ou des armes. Au début, Ana eut peur de ces types armés, vaniteux, parfumés, fouteurs de merde, mais elle eut la chance de ne pas tomber sur quelqu'un qui aurait voulu la maltraiter ou faire quelque chose qu'elle n'aurait pas voulu.

Elle pouvait fixer ses propres prix et le patron ne lui demandait qu'une contribution quotidienne fixe, qu'elle payait sans difficulté. La quantité d'argent qu'il lui restait n'était pas énorme, mais suffisante pour envoyer quelque chose tous les mois à sa mère et pour lui rendre visite tous les trois ou quatre mois. Ses patrons voyaient bien qu'elle était différente des autres putes, et qu'elle se sentait aimée et respectée, c'est pourquoi ils la laissaient voyager, sachant qu'elle reviendrait toujours exercer ce travail dans lequel elle était meilleure que toute autre.

Sa bonne fortune prit fin un matin de juillet, en pleine saison des pluies. Deux types descendirent d'une moto, grimpèrent jusqu'à la suite où vivait son patron en se faisant passer pour des livreurs chargés du petit-déjeuner et lui tirèrent trois balles en pleine figure et quinze autres dans le corps. C'était un avertissement, mais Ana ne sut jamais qui l'envoyait, ni de quoi il avertissait, ni pourquoi ça devait finir comme ça. Le lendemain matin, elle et les cinq autres travailleuses furent réunies dans le salon de l'hôtel et on leur apprit qu'il y avait un changement de propriétaire et de règles. Les tarifs et les pourcentages ne seraient plus fixes, les horaires de sortie étaient réduits, aucune d'elles ne pourrait quitter la ville, aucune ne pourrait refuser de recevoir des clients.

Le grand patron était un type gigantesque avec des traces de variole sur le visage. Il dit qu'il essaierait lui-même toutes les putes et que si l'une ou l'autre ne lui plaisait pas, elle serait foutue à la rue le jour même. Ana dut rester enfermée dans sa chambre pendant deux jours, avec un gorille surveillant sa porte. Le troisième soir, on l'appela, et un type l'accompagna jusqu'à la suite, la même que celle de son ancien patron, qui jamais ne l'avait touchée. Le nouveau chef la reçut dans une robe de chambre de soie bleue. Il lui proposa de la cocaïne, elle refusa. Il la saisit par les cheveux, la jeta sur le ventre sur le lit, appuya un coude sur sa nuque et la viola. Elle fit tout ce qu'elle put pour se débarrasser de lui, à cause de la douleur et de la colère, avec l'illusion que la bagarre la ferait jeter dehors.

Quand le type finit, gémissant comme un porc, il l'embrassa sur la bouche et lui dit qu'elle était la meilleure de toutes. Avant de quitter la pièce, Ana sut qu'elle s'échapperait et que, pour le faire, elle allait avoir besoin de l'aide de la plus âgée des autres femmes. La seule possibilité de survivre, c'était de quitter l'hôtel, mais cela voulait aussi dire quitter la ville, disparaître. Tout en sachant que le châtiment encouru était une balle dans la tête, la nuit suivante elles parvinrent à descendre par une gouttière jusqu'à la cour, à convaincre un cuisinier de les planquer dans un camion d'approvisionnement et de les conduire jusqu'aux halles. De là, elles marchèrent une demi-heure jusqu'à la gare routière et prirent le premier car qui partait, vers minuit, à destination de Puerto Gaitán.

Quand elles descendirent au port, il leur restait assez d'argent pour dormir une nuit dans l'unique hôtel et manger deux jours. Elles commirent alors un acte stupide, qui allait leur sauver la vie. Tandis qu'elles cherchaient comment survivre, sur l'initiative de la plus âgée, elles essayèrent de voler un portable pour le vendre au propriétaire de l'hôtel. Celui-ci le prit et appela la police. Elles furent emmenées par deux motards directement en prison, une construction en ciment, à la toiture de zinc, où se trouvaient cinq femmes qui vivaient de la culture de la coca, deux autres putes accusées de s'être crêpé le chignon soûles et, contrôlant toute la situation, sans se départir de son calme et de son charisme habituels, sans même se lever de sa couchette, La Madrina.

Elles sympathisèrent immédiatement, et La Madrina leur dit qu'elle sortirait dans un mois, que si elles sortaient avant, elle leur payerait l'hôtel et les repas, et elle leur expliqua son plan. À Puerto Inírida, une petite ville à l'intérieur de la jungle, il n'y avait pas de bordel. Les hommes devaient traverser l'Orénoque et le poste de frontière pour coucher avec des putes vénézuéliennes à San Fernando. Elle avait économisé assez d'argent pour acheter une maison, la retaper et loger trois putes. Et elle leur exposa tous les détails de l'affaire : les tarifs qu'elles pratiqueraient seraient négociables, elle prendrait une commission fixe, elles seraient libres de refuser les clients qu'elles voudraient, elles auraient des permissions de sortie en semaine. Si elles étaient intéressées, il y avait du travail.

Elles finirent par sortir une semaine après La Madrina, qui paya de sa poche le retour à Villavicencio en car et, de là, les billets d'avion jusqu'à Puerto Inírida. Elle leur expliqua qu'elle ne leur demanderait rien en échange, qu'elles considèrent ça comme un cadeau, le voyage vers une nouvelle vie. Elle ne leur dit pas que, à elles trois, avec l'aide de deux ouvriers, elles se chargeraient de cimenter les briques et poser les tuiles pour qu'une grande bâtisse abandonnée se transformât en bordel.

Le deuxième jour dans la ville, ce fut Ana qui accompagna La Madrina jusqu'au dernier virage de l'unique route, où, près d'une citerne d'eau, était enterré un sachet plein d'argent. Avec ses mains très rouges et calleuses, la femme retira le sachet et Ana sut qu'elle ne devait pas poser de questions, ni en cet instant ni plus tard quand elle reçut une part du butin et que La Madrina lui dit *Ça, on le cache cette nuit*. Elle lui expliquerait à un autre moment les détails, ou pas, mais Ana sut immédiatement que ces quelques secondes de vie se payeraient, le moment venu, par l'assurance d'une fidélité absolue.

Longtemps après, quand une semaine s'était écoulé depuis qu'Ana avait entendu son client parler des mines d'or fantastiques, La Madrina fêta son soixante-cinquième anniversaire. Les trois putes du Cielo, qui lui devaient tout, décidèrent d'organiser une fête sans le lui dire. Elles appelèrent cinq conseillers municipaux qui se rendaient au moins une fois par mois à la maison close, deux lieutenants de marine, le sous-commandant de la police, le patron du Caney et son épouse, le patron du billard, les patrons du restaurant et des deux épiceries.

Elles payèrent les services d'une cuisinière, achetèrent les ingrédients d'un *sancocho* pour trente personnes, engagèrent deux enfants pour qu'ils apportent trente chaises de l'école, allument le feu et répartissent les petits verres de rhum. Elles commandèrent deux énormes gâteaux à la boulangerie. Entre les invités et elles-mêmes, cela devait représenter une quinzaine de personnes, mais c'était une fête avec des putes, et trois fois plus de commensaux arrivèrent. La sono fut prise en charge par le patron du Caney, qui de plus vint avec son fils aîné pour qu'il sélectionne la musique.

La Madrina avait vécu onze ans à Puerto Inírida. Trois ans avant l'assassinat et la prison, quand elle n'y connaissait rien en putes. Puis pendant huit ans, au cours desquels elle avait appris ce qu'il y avait à savoir. Elle était arrivée en ville à la suite de son mari, un petit éleveur des savanes de l'Espino, qui, grâce au contact d'un cousin, était allé en ville une fois pour vendre sa viande et avait vu là une opportunité commerciale. C'était un type au regard torve, massif, collé à la terre, un travailleur infatigable et, malgré cela, il avait été si certain du succès de l'affaire qu'il avait misé tout ce qu'il avait. Il vendit la ferme, les vingt têtes de bétail, la maison et, avec ce qu'on lui donna, il emmena son épouse dans ce port au milieu de la jungle.

Ils passèrent une semaine dans les services administratifs de la municipalité, cherchant la terre dont ils avaient besoin. Au bout de la semaine, ils arrivèrent dans une maison qui devait avoir été construite moins d'un an auparavant, mais qui était déjà dévorée par la jeune forêt. Elle avait été pensée pour héberger les ouvriers qui avaient bâti la nouvelle centrale électrique et la route qui y menait. Les seuls voisins étaient les ouvriers de la centrale et les mineurs d'une drague, dans un cours d'eau à moins de cinq cents mètres de la maison. La terre, en plus, était à peine suffisante pour trois têtes de bétail, mais La Madrina connaissait bien la détermination de fer de son époux.

Un an plus tard, l'homme avait défriché vingt hectares de jungle, élevait cinquante bêtes pour la viande et dix pour le lait. Il érigea des clôtures et des portillons, sema dix hectares de canne à sucre et dix autres de manioc, bâtit la maison, la peignit, lui mit des portes et des fenêtres, tout ça en travaillant quinze heures par jour, seul, avec à peine quelques coups de main occasionnels, chaque jour ouvré.

S'arrêtant seulement entre neuf heures du soir le samedi et trois heures de l'après-midi le dimanche. À huit heures du soir, tous les samedis, qu'il pleuve ou pas, les cinq ouvriers de la centrale arrivaient. Ils n'avaient pas à apporter de quoi manger ou boire. La Madrina leur préparait du poulet ou de la viande avec du riz et du manioc. Son mari leur donnait de l'eau-de-vie.

C'étaient des taiseux, tous les cinq. Ils s'accordaient pour dire que les femmes ne devaient pas boire. Et qu'eux pouvaient le faire jusqu'à tomber inconscients. Et c'est ce qui leur arrivait presque tous les samedis. Depuis ce premier samedi où le mari les avait embarqués au prétexte de faire connaissance, en voisins, jusqu'au dernier, où il finit avec une hache fichée dans le crâne. Ils s'asseyaient. Il parlait de ses vaches. Des calamités. Des inondations. Des incendies. Les autres cinq, très jeunes, essayaient de glisser dans la conversation quelque chose sur les putes, la musique à la mode, les narcos qui étaient en train d'acheter toute la terre. Mais le type n'était pas là pour tailler la bavette, il était là pour cracher son discours. Seul mais accompagné, pour ne pas devenir complètement fou.

La folie enjambait les digues vers trois ou quatre heures du matin. Les ouvriers le connaissaient bien et ils filaient discrètement, sans prendre congé, pour qu'il ne se souvienne pas de leur existence. Parce qu'à ces heures-là, il croyait déjà que la seule chose qui existait, c'était lui-même et ses envies de forniquer. La Madrina savait qu'elle devait l'attendre dans la chambre, vêtue de l'unique cadeau qu'il lui avait fait depuis qu'ils s'étaient connus, une robe de chambre en soie : allongée au milieu du lit, les jambes écartées et sans dessous. Comme dans l'attente du taureau dans une corrida. Elle savait aussi que ne pas le faire était passible d'une raclée. Avec le fouet, avec un bâton, avec une chaise, avec ce qui lui tombait sous la main. Il lui avait donné cinq raclées pour avoir essayé de le convaincre de ne pas la violer.

Dans la jungle, à cause de la fatigue ou de l'âge, ou parce qu'il ne trouvait plus rien d'excitant dans le corps épais de La Madrina, il n'essayait pas de la déshabiller pendant la semaine. Il ne le faisait que les samedis soir. Quand elle l'entendait tituber dans le couloir qui menait aux chambres, elle fermait les yeux, écartait les jambes et attendait en retenant sa respiration. Certaines nuits, c'était lui-même qui la repoussait, lui refermait les jambes et tombait à bout de forces dans un sommeil profond, avec des cauchemars qui le faisaient se redresser dans le lit et crier, et dont il ne gardait aucun souvenir le lendemain matin.

Mais il y avait aussi les autres nuits. Celles de l'obstination, qui n'aboutissaient à rien non plus. Son mari entrait, la silhouette de son corps trapu coupant l'éclat de l'unique ampoule du couloir. Et avec lui les cris. Pute. Salope. Sale bâtarde. Et comme ça, jusqu'à ce qu'il parvienne à enlever le pantalon et le caleçon. Ensuite la scène ne durait jamais plus de cinq minutes. L'homme lui mordait les seins, lui malaxait les cuisses des deux mains, lui fourrait la langue dans la bouche. Mais rien de tout ça ne parvenait à l'exciter. Il l'insultait encore un peu, lui donnait quelques baffes, lui tournait le dos, résigné à son mauvais sort, et tombait sur le sol, vaincu par le sommeil.

Cette nuit-là, la dernière de sa vie, après s'être enlevé le pantalon et le caleçon, le type vit le fouet qu'il avait laissé sur la chaise et décida de voir si en la frappant avant de la toucher il pourrait bander. Il leva le fouet, à demi conscient de l'aspect qu'offrait son épais corps d'ours dans la pénombre, et quand il fut sur le point de donner le premier coup de fouet sur les jambes, il écrasa une de ses propres chaussures, chancela, écrasa l'autre chaussure, trébucha la tête la première contre le mur. La Madrina ne put réprimer un éclat de rire. Puis, en l'entendant insulter Dieu et ses saints, détruire une chaise à coups de pied, finir à quatre pattes, se mettre à chercher le fouet qu'il avait laissé tomber, les éclats de rire commencèrent à jaillir de sa poitrine sans contrôle, de plus en plus hystériques, de plus en plus forts, jusqu'au moment où l'homme parvint à se tenir debout, le fouet à la main, et réussit à lui crier : « Cette nuit tu crèves, sale pute ! »

Celui qui mourut, grâce à la clairvoyance que le rire avait donnée à La Madrina, ce fut lui. Accrochée au mur au-dessus de la chaise, seul ornement de la maison, trônait la hache dont l'homme s'était servi pour couper les premiers arbres de la première propriété où il avait travaillé, quand il avait treize ans. Sur le manche de la hache étaient taillés l'emblème et le drapeau de sa région natale, celle des colons les plus endurcis de la cordillère. En le voyant se balancer vers le lit, La Madrina comprit que dans cette soudaine détermination, froide, presque dégrisée, résidait sa capacité de la tuer. Elle n'aurait pas le temps de courir, ne résisterait pas à son assaut, n'aurait pas une seconde pour passer par la fenêtre. Elle sauta sur le côté, se plaçant sur la gauche du lit, face à la chaise, et fut surprise par la facilité avec laquelle la hache finit dans sa main droite.

Le premier coup de fouet lui cingla le visage. Elle ne le sentit pas, jusqu'au moment où elle reçut le deuxième sur la poitrine, suivi d'un coup de poing sur le front qui la fit asseoir sur le canapé. L'homme balança le fouet par terre, comme s'il était soudain persuadé de pouvoir la soumettre de ses seuls poings, et ce fut là sa dernière erreur. Son deuxième coup de poing la manqua, elle réussit à le repousser et à se mettre debout à son côté. Elle eut moins d'une seconde pour décider entre se mettre à courir le long de la coursive jusqu'au pré pour se cacher parmi les hautes herbes sauvages jusqu'à l'aube, ou l'affronter. Ce fut lui qui décida pour deux. Il lui donna un coup de poing au ventre qui la plia de douleur sans parvenir néanmoins à lui faire lâcher la hache. L'ampoule de la coursive éclaira les petits yeux de porc et les minuscules dents luisantes de l'homme quand, avec une force bien plus grande que celle qu'elle croyait posséder, elle lui assena le coup de hache.

La hache était rouillée, elle n'avait pas été aiguisée pendant plus de trente ans, mais la fureur du geste fut telle que l'homme s'affaissa, le corps appuyé contre le cadre du lit, le manche de la hache émergeant du crâne comme dans un dessin animé. La Madrina ne s'attarda pas pour voir comment le sang inondait la pièce. Elle se défit de la robe en soie et s'endormit ainsi, seule et nue, sans moustiquaire malgré les insectes, à même le sol de la coursive. Elle se releva onze heures plus tard. Elle prépara le meilleur petit-déjeuner possible, sortit la table de cuisine et déjeuna au milieu du premier enclos, seule, comme si elle était devenue folle.

Mais elle n'était pas devenue folle. Ce même dimanche, elle vendit tout le bétail et toute la terre au propriétaire des dragues voisines, à l'exception de la parcelle où était bâtie la maison, et, avant de foutre le camp, elle se servit du plus grand couteau de la cuisine pour éventrer le matelas et en retirer cinq liasses de billets sales qu'elle fourra dans un sac. Avant de quitter la maison pour la dernière fois, elle remit le matelas et la table à leur place, lava le sol, balaya et nettoya tout sauf sa propre chambre. Ensuite, elle prit la petite pelle, celle dont elle se servait pour les plantes en pot de la coursive, et elle se dirigea vers la ville en marchant.

Quelque cinq minutes plus tard, elle quitta la route pour creuser un trou de plus d'un mètre de profondeur où elle enfouit le sachet de billets, juste à côté d'une citerne recouverte par une plaque en ciment trop grande, sur l'unique colline de la savane arasée, où les inondations ne parvenaient jamais. Pendant la demi-heure qu'elle mit à arriver au poste de police, elle songea, comme si elle ne s'en était jamais rendu compte, comme si jamais elle n'avait voulu y penser, qu'elle ne connaissait personne dans cette ville. Absolument personne. Uniquement son mari et ses camarades de beuverie.

En passant par le port, elle balança la pelle dans la rivière et tourna pour emprunter la rue principale, que seule éclairait la lune naissante, jusqu'au poste de police. Un gros policier la reçut et lui demanda en quoi il pouvait l'aider. Elle lui raconta tout, tel que c'était arrivé. Elle avait assassiné son mari, dit-elle. D'un coup de hache, la nuit dernière. Elle l'avait fait parce que si elle ne l'avait pas fait, la morte, ç'aurait été elle. Elle se mit debout, lui montra la trace du fouet sur le visage et baissa un peu le chemisier pour que le gros type voie aussi la trace sur la poitrine, juste au-dessus de la naissance du sein gauche. Elle l'avait laissé là où elle l'avait tué, elle n'avait pas été capable de nettoyer, ni de le revoir, ni de le dire à personne. Le gros type se mit debout, la laissa seule, revint avec un autre policier, très grand, et lui demanda de lui répéter ce qu'elle venait de dire.

L'anniversaire de La Madrina fut un succès, et ce, avant même de commencer. Tous ceux qui pénétrèrent dans la maison pour la première fois furent surpris en voyant combien elle était propre, comment les putes avaient de belles salles de bain personnelles, des réfrigérateurs neufs, une salle à manger, un salon avec trois grands canapés. Les putes apprêtées comme pour un mariage ouvraient la porte avec un grand sourire et conduisaient l'invité jusqu'au jardin, agrémenté de cinq kiosques et dix hamacs, dont la jungle marquait la limite.

La fête se prolongea jusqu'à sept heures du matin, quand deux putes firent griller de la viande et du poisson et servirent du bouillon de côtes de bœuf. Aucune des putes ne coucha cette nuit-là avec les clients. Aucun des clients ne le demanda non plus. Ils comprirent que dans une pareille célébration, acheter du sexe avec de l'argent aurait été incorrect et aurait ruiné l'illusion à laquelle tous participaient (cette scène de théâtre presque comique où criminels et policiers, professeurs et marins, politiciens et putes étaient frères et cousins et beaux-frères et belles-filles).

À neuf heures du matin, les putes sortirent les deux gâteaux, bien qu'il n'y eût plus désormais que quinze commensaux. La Madrina fit un petit discours où elle remercia la vie de l'avoir sauvée de son mari, les prisonnières de l'avoir si bien traitée, les parrains de l'avoir aidée à construire le bordel, les clients de n'avoir jamais posé de problèmes, et les putes d'être comme ses propres filles, de s'occuper d'elle et de la protéger. Dans les enceintes, le *Joyeux Anniversaire*, version salsa, retentit, et la chanson fut reprise par tous les présents, jusqu'au moment où enfin La Madrina, heureuse comme une gamine, souffla les bougies.

4

Suffoquant sous le poids des tristesses du passé, très ivre d'avoir consacré l'après-midi d'un dimanche à ne boire que du rhum, chez lui, le Dr Andrade, médecin-chef de l'unique dispensaire, finit par se rendre, pour la première fois de sa vie, dans un bordel. La maison, à sa surprise, était bien éclairée, propre, avec un manguier au milieu d'une cour très spacieuse et de la bonne salsa dans les enceintes. Avant qu'il ne le demande, La Madrina en personne lui servit une pleine jarre de limonade, le fit asseoir à une table dans la cour et lui offrit des empanadas. C'était dimanche et le lendemain tous les hommes de la ville, lui y compris, se lèveraient tôt, c'est pourquoi cette femme brune, très grande, au sourire dur mais chaleureux, compréhensif, pareil à celui d'une mère, le reçut comme elle l'aurait fait avec un parent venu de loin.

Rien qu'en voyant son visage et sa manière de marcher, La Madrina comprit que le Dr Andrade n'avait jamais mis les pieds dans un bordel, alors, après quelques minutes, elle lui proposa du *sancocho* et, sans attendre sa réponse, lui en servit. Il commençait à manger quand arrivèrent les trois putes. Très jeunes, sans avoir l'air d'être droguées, d'avoir bu. Cindy, Marcela et Lisa. Pendant les dix minutes au cours desquelles il mangea, les trois comprirent que le docteur avait déjà décidé de coucher avec Ana, qui se faisait appeler Cindy. Il n'eut pas à le dire, les deux autres se retirèrent sous prétexte de desservir la table et ne revinrent pas. Ana, contente d'avoir un client propre et bien élevé, le prit par la main, le conduisit jusqu'aux deux fauteuils à bascule qui se trouvaient sous les branches du manguier et lui posa des questions sur son travail, son passé, ses goûts.

Le Dr Andrade répondit à tout cela sincèrement, puis il questionna à son tour la jeune femme sur sa vie, qui paraissait heureuse malgré les horreurs qui l'avaient conduite à la jungle (il était sûr que c'étaient des horreurs, c'était toujours comme ça, mais il se trompait à demi). Quand ils ne surent plus quoi dire, comme si c'était là une conséquence naturelle de la conversation, elle lui posa une main sur l'entrejambe, le caressa, et quand elle sentit qu'il était prêt, elle le prit par la main et l'entraîna dans sa chambre. Elle le fit coucher dans le lit comme elle l'aurait fait pour un enfant, ouvrit la porte de la salle de bains et tira le rideau de douche pour qu'il la voie faire sa toilette. Elle était élancée, elle avait un bassin large et des seins dressés, la peau mate, les cheveux longs, sans boucles ni apprêts. Elle ne se maquillait pas non plus, pour accentuer cet air d'adolescente qui semblait tant plaire aux hommes en général et aux colons solitaires de Puerto Inírida en particulier.

Le sexe fut bien meilleur que tous deux ne l'espéraient. À cause d'une tristesse enkystée, impossible à retirer, cela faisait trois ans que le docteur n'avait pas couché avec une femme, et Cindy comprit cette tristesse et usa de tout son art pour la lui faire oublier ne serait-ce que quelques heures. Le docteur jouit trois fois avant l'aube, elle fit semblant de jouir autant de fois sans pour autant le détester, et avant sept heures du matin, le Dr Andrade téléphona, depuis la réception, pour avertir Eva qu'il n'irait pas au dispensaire, car il était malade. Ensuite, comme si Cindy était son épouse et non une professionnelle, il s'endormit dans ses bras jusqu'à midi.

Il quitta la maison heureux, affamé, respirant profondément, comprenant enfin qu'il avait passé trois ans dans la tristesse et sachant qu'il reviendrait autant de fois qu'il le pourrait : qu'il n'économiserait pas un peso de son salaire, qu'il préférait revenir à la ville sans rien plutôt que de cesser de voir cette jeune femme qui (il savait que c'était le désir qui parlait, mais il s'en fichait) l'avait compris comme personne d'autre auparavant au cours de sa vie.

La première fois que le docteur entendit la rumeur, ce fut dans le café qu'on appelait « Celui des retraités ». Les retraités allaient bien au café des retraités, mais c'était aussi le cas des contremaîtres et de l'unique médecin de la petite ville. On y parlait toujours des nouvelles internationales et nationales qu'ils écoutaient à la radio et lisaient dans le journal qui, une fois par semaine, arrivait de la capitale.

Ce lundi-là, on évoquait une nouvelle guerre imminente au Moyen-Orient quand entra, frappant le sol de sa canne en ébène, le plus âgé des retraités. Il se dirigea vers le comptoir, commanda une *avena* avec de la cannelle et prit place à la table que partageaient Andrade, un ingénieur civil et deux autres personnes âgées. Il avait commencé à aspirer la boisson quand il dit d'une voix trop forte qu'à neuf heures du soir on jouerait aux échecs comme d'habitude et que des jeunes du lycée départemental viendraient. Puis il enchaîna, comme si c'était un fait, sur ce que lui avait raconté son petit-fils : dans un méandre du haut Inírida, à trois jours de canot à moteur, on avait trouvé de l'or. Tellement, tellement d'or, que la ville était sur le point de changer.

Les deux autres vieux en profitèrent pour parler des prospérités précédentes. Celle de la coca, celle des armes, celle du bois illégal, pour conclure, laissant de longs silences entre les phrases sentencieuses, que rien de bon ne sortait de la richesse dans un endroit comme celui-ci. L'ingénieur attendit patiemment qu'ils aient fini pour les contredire. La richesse de l'or, à la différence des autres richesses, dit-il, pouvait durer des décennies, et ni la police ni l'armée ne la pourchassaient. Les équilibres entre les mineurs du bassin de l'Orénoque, de plus, garantissaient qu'il n'y aurait pas de violence. Du fric tout frais en ville, c'était toujours une bonne nouvelle. Quand il finit de parler, très fier de son discours et du silence qui le suivit, il proposa, mi-badin, mi-sérieux, un toast aux bons jours qui approchaient. Le plus âgé finit la conversation avec *Que Dieu vous entende.*

Quand l'ingénieur vit le visage ironique du docteur, il décida de l'affronter. *Le Dr Andrade ne porte pas de toast parce qu'il sait quelque chose que nous ne savons pas et qu'il ne va pas nous dire, l'espèce de racho.* Personne ne rit. C'était le bon moment pour une phrase de conciliation ou une plaisanterie, mais Andrade ne pensait pas que c'étaient des temps pour plaisanter.

– *Ce qui est sûr, c'est que s'il y a autant d'or qu'on le dit, il n'y aura pas de traité entre mineurs qui vaille.*

– *C'est ce que j'ai dit : le Dr Andrade sait quelque chose que nous ne savons pas.*

– *Je ne sais rien que vous ne sachiez pas, ingénieur.*

– *Ce qu'on sait, docteur, c'est que le fric c'est toujours bon.*

Et avec un grand sourire aux lèvres, l'ingénieur leva de nouveau sa tasse de café et proposa un second toast, cette fois-ci pour le fric. Seul le plus âgé l'accompagna. Les deux autres voulurent connaître l'opinion du Dr Andrade. Celui qui la lui demanda était un ex-secrétaire de mairie, un gros type, très tassé, très taiseux.

– *Il n'y a pas grand-chose à dire. S'il y a autant d'or, c'est certain qu'il y aura une guerre. Des morts et des blessés. Le dispensaire a des réserves de sang pour trois blessés graves, des antibiotiques pour dix malades, de la gaze et des médicaments pour traiter les blessures de dix autres personnes, du sérum pour quinze jours de cinq malades. Aucune autorité, pas même en cas de guerre, ne va m'apporter ce dont j'ai besoin. Non seulement les morts vont commencer à flotter en amont du fleuve Inírida, mais ceux qui arriveront jusqu'à la salle des urgences en repartiront aussi sec sur leur civière pour le cimetière.*

Cela dit, il leva une main rigide en guise d'au revoir et sortit affronter le dernier soleil de l'après-midi.

5

Cela se produisit après le cinquième anniversaire d'Abril. Moins de deux mois avaient passé depuis l'avant-dernière fête lorsque Eva rencontra, dans un centre commercial, une ancienne amie du lycée, aussi fêtarde qu'elle. Elle accepta son invitation à dîner dans un restaurant très cher du nord de la ville. Les bières se transformèrent en whiskys et les whiskys cédèrent le pas à la marijuana dans l'appartement d'autres anciens camarades, puis dans l'appartement de connaissances de ces connaissances. Eva se dit que ce serait la dernière fête de sa vie. Elle appela la clinique pour dire qu'elle était malade et réussit à se faire remplacer. Elle passa trois jours à boire, à fumer de la marijuana et à avaler une substance sucrée et revigorante qu'elle prit sans poser de questions, jusqu'au moment où, le dimanche, à sept heures du matin, elle se réveilla dans un appartement très luxueux.

Elle ne savait pas comment elle était arrivée là. Les amis fêtards de la veille étaient des drogués, des drogués de classe moyenne, fils d'intellectuels, des types qui n'avaient pas l'argent pour se payer un appartement comme celui-là. Elle se trouvait dans un lit double, dans une immense pièce encombrée d'objets coûteux, de tableaux et de tapis. La réponse lui fut donnée immédiatement. La porte d'une salle de bains s'ouvrit, et sortit, peignoir ouvert devant, l'un des plus importants politiciens du pays. Dans les soixante-dix ans, un grand ventre tout mou sur une verge toute petite, il arborait un sourire qui ne pouvait que signifier qu'ils avaient forniqué la nuit précédente.

C'est alors qu'elle prit conscience qu'elle était nue. Elle s'enveloppa comme elle le put dans le drap, marcha jusqu'à la salle de bains en parvenant à contourner le vieux type et, à l'intérieur, elle trouva ses vêtements. Quand elle sortit, l'homme était entièrement nu au beau milieu de la couche, les jambes largement écartées. Eva eut la nausée, claqua la porte et courut vers les toilettes du couloir pour vomir. Assise à même le sol, elle essaya de comprendre comment elle était arrivée là. La dernière chose dont elle se souvenait était d'avoir porté un toast avec un vin très cher, dans le salon d'une maison très luxueuse du quartier nord de la ville. On avait mis quelque chose dans le verre. Ou peut-être elle-même, soûle et défoncée, avec l'envie de sombrer plus vite que d'habitude, s'était déshabillée et s'était laissé pénétrer par le vieux.

Elle quitta les lieux et parvint à marcher jusqu'à son appartement sans vomir dans la rue. C'était un dimanche, mais sa camarade avait invité trois étudiantes qui étaient arrivées avec leurs fiancés et amis. Eva fit semblant d'aller très bien. En pleine forme. Elle parla comme si de rien n'était avec ces gamines si différentes d'elle, si conventionnelles, si certaines de ce que le futur leur réservait, puis, soudain, elle entendit que, dans un coin du séjour, on mentionnait Puerto Inírida.

La seule jungle qu'avait vue Eva était celle qui cernait la ville de Leticia, dans le département de l'Amazonas, où elle était allée en touriste. Elle avait toujours voulu connaître le fleuve Orénoque, et, du plus poliment qu'elle put, elle abandonna la conversation qu'elle avait avec ses amies, se leva et rejoignit un groupe où se trouvait un étudiant en médecine. Il avait passé quatre mois dans ce port et vivait actuellement dans la ville de Manaus, dans l'Amazonie brésilienne. Au milieu d'une phrase, Eva sentit que, comme dans une *telenovela*, son destin se manifestait en cet instant précis.

Peut-être que ce qui pouvait la sauver de son extrême dégoût pour Bogotá, de ce vide que rien ne parvenait à combler, de ce froid qui la rongeait de l'intérieur, c'était la jungle. Elle demanda s'il y avait un hôpital dans le port. Le médecin lui dit que non, qu'il existait un centre de santé avec deux infirmières dont les contrats étaient renouvelés chaque année. Que les infirmières étaient toujours trop jeunes et inexpérimentées, et qu'elles ne supportaient jamais l'isolement de la forêt tropicale.

Cette même semaine, Eva appela le ministère de la Santé pour demander du travail. On lui dit que

Puerto Inírida ne dépendait pas du ministère. Qu'il y avait un Secrétariat de la Santé du département de Guainía, que le département de Guainía n'avait qu'une seule municipalité, et que, par conséquent, elle devrait appeler directement le port pour demander du travail. Elle essaya par téléphone, mais on la baladait d'un bureau à l'autre en lui donnant des renseignements contradictoires. Au bout de trois semaines, l'envie de connaître la jungle ne l'ayant pas quittée, elle demanda les neuf jours de vacances qu'elle avait accumulés à la clinique, acheta deux billets et partit avec Abril.

Elle laissa dans la petite ville deux c.v. mentionnant ses diplômes et ses coordonnées. Elle consacra quatre autres jours à faire toutes les visites touristiques possibles. Caño Coco, Caño Nabuquén, les Cerros de Mavicure, les rochers de la rivière Atabapo. La veille de son départ pour Bogotá, elle alla finalement voir le dispensaire. Elle parla avec le Dr Andrade et lui dit qui elle était et pourquoi elle était là. Andrade fut très aimable. Il la présenta aux infirmières, lui dit que ce serait un plaisir de travailler avec elle et que l'une des deux infirmières était sur le point de s'en aller. Une fois sortie, Eva s'assit manger une glace avec Abril sur des petites chaises en plastique, à l'ombre d'un gigantesque noyer, juste en face du dispensaire.

Ce fut alors qu'eut lieu le miracle. Pendant qu'Eva et Abril jouaient aux devinettes, un petit avion s'empêtra dans les arbres, à environ dix minutes par voie fluviale. Le lieu de l'accident était accessible par l'un des affluents gorgé d'eau, et c'est ainsi qu'une quinzaine de minutes après, les blessés commencèrent à arriver. Onze au total. Cinq très graves. Quand Eva commença à voir les corps mutilés que l'on descendait des voitures particulières, elle dit à Abril de l'attendre dans la boulangerie en regardant la télévision, traversa la rue et proposa son aide. Les deux infirmières étaient dépassées. Sans regarder Eva, tout en examinant un bras fracturé en trois endroits, le médecin lui indiqua de prendre une blouse et un masque.

Ils travaillèrent toute la nuit. Eva emmena Abril à toute vitesse dans la maison de l'une des infirmières, où elle la coucha dans un hamac et la laissa à moitié endormie devant la télévision. Deux des patients moururent pendant la première heure. Ils durent amputer en partie une jambe, pratiquer une opération pour extraire un morceau de fuselage incrusté dans un abdomen et plâtrer cinq personnes parmi les survivants. À six heures du matin, quand il fut évident que ceux qui n'étaient pas morts se trouvaient hors de danger, le docteur et les trois infirmières s'assirent sur les marches d'entrée pour prendre un café. Andrade lui dit qu'on venait de changer le secrétaire de la Santé du département. Que ce dernier était une vieille connaissance et un de ses patients. Il s'arrangerait pour qu'elle soit engagée avant la fin du contrat de l'infirmière partante. Eva voulut le serrer dans ses bras, mais avant qu'elle puisse le remercier, elle comprit qu'Andrade était généreux et droit, mais pas idiot.

Le docteur tourna la tête vers elle, la fixa d'un air très sérieux et lui dit que le dispensaire était régi par des règles. Et qu'il n'y avait pas d'exception à ces règles. Pas question d'absences injustifiées, pas d'alcool, pas de drogues. Eva saisit qu'il lui disait cela à elle, personnellement, qu'il ne servait pas ce discours à n'importe quelle infirmière qui demandait du travail, et elle se sentit encore plus heureuse. Heureuse d'avoir un patron qui l'aiderait à se contrôler, mais aussi parce que sa situation devait être nettement pire qu'elle ne l'imaginait si on voyait déjà à son visage la vie qu'elle menait. Si je vais si mal, pensa-t-elle, la seule chose qui puisse me sauver, c'est cette ville dans le trou du cul du monde. Quand elle eut fini le café, elle prit congé de tous, donna à Andrade un morceau de papier avec son numéro de téléphone, lui demanda le sien, lui dit qu'elle reviendrait, se dirigea vers la maison de l'infirmière, puis marcha avec Abril jusqu'à l'hôtel et, de là, fila directement à l'aéroport en taxi.

C'est alors qu'elle les voit. Des vautours grands comme des condors. Ils tournoient au-dessus de la curiara, *suivent depuis les hauteurs la descente de l'embarcation sur le courant. Des vautours aux ailes très noires, immenses, découpées contre le bleu du ciel, des vautours aux becs pareils à des serres, excités par l'odeur de sa blessure, chassés pour le moment grâce à la douleur, qui continue à être assez forte pour qu'Eva ne perde pas conscience et ne rende pas encore son corps.*

6

On aurait dit un hangar. Quatre murs pelés, le plafond très haut, à deux versants, soutenu par des poutres et des cintres métalliques apparents, des lucarnes des deux côtés les plus courts, trois minuscules fenêtres dans les plus longs, le plan de travail d'une cuisine neuve, un réfrigérateur, une table en plastique elle aussi neuve, cinq chaises. Dans le coin opposé, un petit lit parfaitement fait avec des draps mauves. Tout à côté, un canapé, puis la porte d'une immense salle de bains avec placard ouvrant sur une petite cour. Dans le troisième coin, un matelas double posé sur le sol en granit. Et au centre, exactement sous le ventilateur, éclairé ce matin par la lumière de onze heures, un hamac deux fois plus grand que le hamac habituel, où, malgré l'heure, enlacés, en sueur, dormaient profondément Eva et El Gordo Ochoa.

Ce fut lui qui se réveilla le premier, avec une main posée sur l'un des seins très blancs d'Eva. Il le pressa rien que pour la voir sourire comme une enfant, lui tourner le dos et continuer à dormir. Il se mit debout, alla aux toilettes, passa six minutes sous l'eau glacée et sortit préparer le petit-déjeuner. Café, œufs au plat, jus d'oranges pressées à la main. Il la réveilla en lui portant une tasse de café dans le hamac et s'assit sur le sol de granit. C'était le plus grand des plaisirs. La regarder : comment elle se levait, comment elle se douchait, comment elle prenait un air très sérieux pour aller travailler, comment dans la nuit elle fermait les yeux et entrouvrait les lèvres tremblantes quand il la pénétrait, comment elle les fermait en embrassant sa caboche bien ronde pour s'endormir.

Quand tous deux eurent fini de prendre le petit-déjeuner, Eva alla se doucher. Lui resta dans la cuisine. Il posa le sac de sport sur le plan de travail et sans s'asseoir il disposa vingt paquets de billets. Cinquante billets de 20 000 dans chaque tas. Vingt millions à partager entre travailleurs, pourvoyeurs, bateliers, policiers et marins. Une fois qu'il eut terminé, il alla dans la cour de la salle de bains et lava à la main trois rechanges pour les trois. Il les étendit en sifflant *La Reina*, la dernière chanson qui avait été jouée au Caney la nuit précédente. Trois petites culottes qu'il lui avait achetées, deux jupes courtes, un blue-jean, trois tee-shirts pour ados qu'elle ne quittait jamais. Il passa le restant de la journée assis dans la salle de billard, à répartir du fric.

Depuis qu'ils étaient ensemble, El Gordo Ochoa avait sorti Eva trois fois de la ville. Les mines rapportaient beaucoup et Los Lindos lui versaient une commission de 5 % pour chaque gramme vendu, en plus de son salaire. Ils avaient passé une semaine dans le port caribéen de Santa Marta, à se soûler comme des barriques, à danser et à baiser toutes les nuits, à jouer avec Abril tous les jours, à se jeter ensemble dans la mer au lever du jour et au coucher du soleil, avant de s'asseoir dans les meilleurs restaurants à manger du poisson et des fruits de mer. La deuxième et la troisième fois, ils étaient allés dans la haute cordillère. À dormir dans une cabane avec une cheminée. Elle à lire, lui à regarder la télévision, Abril à jouer avec les *frailejones* ou la neige, tous trois à marcher six heures quotidiennement sur des sentiers boueux. Ça avait tellement plu à Eva qu'El Gordo avait accepté de s'ennuyer une deuxième fois, rien que pour voir ces visages rougis de bonheur enfantin.

Après avoir payé tout ce qu'il avait à payer, avec le sac de sport désormais vide et deux millions de pesos dans la poche, El Gordo prit deux bières de plus tout en regardant à la télé de la salle de billard un film où l'on se flinguait à tout bout de champ, puis il descendit jusqu'au port en marchant. Il s'assit à l'une des petites tables en Formica orange du dernier commerce et vit passer une quinzaine de lycéens torse nu, trempé, qui remontaient de la rivière, chantant en chœur comme des ivrognes. Il se dit que la ville pourrait être ça et seulement ça : se réveiller auprès d'une belle femme, boire de la bière, voir passer le bonheur des jeunes gens.

El Gordo plut à la fillette d'Eva bien avant qu'ils emménagent ensemble, presque dès la première fois qu'elle le vit. C'était le seul fiancé de sa maman qui lui avait plu. Il était gros, il avait des dents de lapin, il riait toujours, lui faisait des petits tours de magie et des grimaces, il enlaçait sa maman comme s'il était son papa. Le papa de toutes les deux. Le premier jour, il la prit sur ses épaules pour la porter comme un cheval tout le long de la promenade. Elle ne se laissait pas vraiment faire, elle protestait tout en sachant que la protestation cachait mal son envie de monter sur les épaules de ce gros-lapin et parcourir comme ça la ville, comme une reine, parce qu'il y avait quelque chose en lui, dans le sourire sous la moustache, qui la rendait heureuse, une chaleur dans le corps qu'elle ne sentait qu'avec sa maman, parfois, quand elles s'aimaient beaucoup.

C'est comme ça que, bien qu'elle eût déjà cinq ans et fût très grande pour être sur les épaules d'un homme, au bout de deux rues, elle riait presque autant qu'El Gordo, d'abord comme malgré elle, en le cachant du mieux qu'elle pouvait derrière un visage de colère rentrée, ensuite au bord de l'explosion en plein milieu du visage, et finalement ouvertement, à voix haute, criant quand El Gordo criait et faisait des bonds et la lançait en l'air pour la rattraper aussitôt sans aucune honte dans cette ville de machos, comme s'il était sur le point de la laisser tomber, rien que pour qu'elle sente ce vertige qui la chatouillait encore davantage.

Au cours de ce premier après-midi ensemble, tous trois avaient ensuite mangé des glaces au jus de fruit de la passion sur les grandes marches du port, et

El Gordo avait raconté à Abril que dans le fond de la rivière vivait un monstre géant et que ce monstre ne mangeait que des arbres et des hommes méchants et des professeurs d'école. Et que jamais il ne mangeait les petites filles qui pouvaient rire et chevaucher. Et Abril lui avait répondu que c'était un mensonge et elle avait ri, s'était retournée vers sa mère, et ce qu'elle avait vu sur le visage d'Eva, enlacée à El Gordo, avait fini de lui réchauffer le cœur, un soulagement tel qu'il l'avait presque immédiatement épuisée, qu'elle avait eu envie de dormir. Elle sentit qu'après toutes ces années de dangers et de peurs et d'agitations et de solitudes et de pleurs, elles étaient enfin arrivées.

Où, elle ne savait pas, elle n'aurait pas pu le dire, mais elles étaient arrivées. Sur une île qui était le ventre d'El Gordo. Quelque chose comme ça. À cet instant, avec la lumière de l'après-midi sur le port, avec El Gordo serrant contre lui sa mère et donc les serrant contre lui toutes les deux, leur disant soyez les bienvenues sur mon île, vous pouvez enfin vous reposer. Bercée par la brise, allongée sur les jambes de sa mère, elle s'était endormie. Tout ce qui vint ensuite, la maison partagée, les promenades ensemble, les cadeaux, El Gordo qui l'amenait à l'école quand Eva était en service, le grand hamac, l'eau des rivières, n'était que la conséquence prévisible de cet après-midi de bonheur. Des bouts de la même chose, de petites célébrations pour l'arrivée sur l'île de la tranquillité.

El Gordo, aussi heureux avec Eva qu'avec Abril, songeait déjà à demander à ses chefs de ne plus le déplacer, de le laisser finir ses jours dans ce port qu'il ressentait désormais comme sien, quand la réalité, toujours butée, vint le contrarier.

Le patron de la plus grosse taverne quitta le comptoir, s'assit à côté de lui et alla directement au fait.

– *Vous avez entendu l'histoire de l'or qu'il y a dans le haut Inírida, El Gordo ?*

– *C'est ce qu'on raconte…*

– *Non, c'est pas ce qu'on raconte. Il y a de l'or. Vous, vous savez qu'il y a de l'or, et moi je sais qu'il y a de l'or.*

– *On verra bien, mon vieux, on verra bien…*

– *Et vos chefs s'en foutent que vous soyez ici à bouffer du* pan de yuca *tandis que tout le monde dans les rivières se prépare à mettre la main sur l'or ?*

– *C'est le territoire des Patiño. Et on sait pas s'il y a tant d'or que ça. Et s'il y en a, là-bas, mes chefs vont pas y mettre leur nez. Il vaut mieux s'occuper des petites dragues qu'ils ont déjà que de déclarer une guerre plus chère que tout ce que produit le Guainía.*

– *Donc, il y a bien de l'or. Moi, j'avais compris que vous saviez pas. Et s'il y a autant d'or qu'on le dit, ça va payer pas une mais plusieurs guerres. Si j'étais votre chef, vous seriez déjà sur un canot à moteur.*

– *Si vous étiez mon chef…*

Ochoa respira profondément, ferma les poings sur la table et réussit à conserver quelque chose qui ressemblait à un sourire.

– Laissez tomber, mon vieux, laissez tomber. Le mieux c'est de pas vous mêler de ce que vous connaissez pas. Mettez-moi dans un sachet quatre autres panes de yuca*, mon vieux. Si vous étiez mon chef…*

Le soir où il entendit pour la première fois la rumeur de l'or, Ochoa prépara le dîner à Abril et joua avec elle aux cartes. Ensuite, en attendant qu'Eva revienne, il prit une bière, alluma une cigarette et s'assit dans la cour de la maison, face à la jungle. Il se sentait inquiet, comme si la rumeur qui s'était déjà répandue dans toute la ville avait été une maladie bien réelle contre laquelle il n'avait aucun remède, et il avait mal dormi cette fin de nuit. Il se leva trois fois, fuma une deuxième cigarette en regardant le jour se lever.

Pour se débarrasser des mauvais présages, il décida d'organiser une promenade avec Abril à moto. Ils apporteraient de quoi manger et des maillots de bain, ils iraient se baigner dans une lagune calme. Une fois arrivé, El Gordo s'aperçut que la lagune était beaucoup plus belle que dans son souvenir. Depuis la rive, elle avait l'air parfaitement circulaire. Elle avait quelque cinq cents mètres de diamètre. L'eau était translucide, très froide, et les rives étaient recouvertes par des branches touffues de cari-caris et de cèdres. Sur le côté de la route, il y avait une petite plage de sable très blanc, comme les plages de la rivière Atabapo, sur laquelle ils posèrent le repas avant de s'avancer lentement dans l'eau, lui tenant la main d'Abril, elle faisant de petits sauts et criant de joie.

Elle avait pied sur au moins la moitié de la lagune et Ochoa décida de repousser les leçons de natation. Assis sur le sable, sentant la brise de la tombée du jour pour une fois fraîche, entendant les cris de joie de la fillette, il se demanda si, comme les gens le croyaient, Dieu existait et savait tout d'avance et si le destin de l'homme était écrit. Soudain, un éclat particulier dans les eaux calmes de la lagune, une légère inquiétude à la surface, attira son attention. Il se redressa. C'était un serpent et il nageait en direction des éclats de rire aigus d'Abril. Il se mit à courir tout habillé, la chargea sur son épaule comme un sac et retourna ainsi sur la plage.

Ensuite ils mangèrent ensemble, sans parler. Des empanadas, de la limonade et une pâtisserie fourrée à la goyave. Pendant le retour, Ochoa eut la conviction, et il se trompait, que son destin était déjà écrit.

Trois mois s'étaient écoulés depuis la première nuit qu'ils avaient passée ensemble, et El Gordo décida de se lancer dans la deuxième phase de son plan. Ils étaient allongés, chacun dans un petit hamac suspendu entre des troncs, dans le terrain situé à l'arrière de la maison. El Gordo se mit debout, s'étira comme un enfant et alla à la cuisine faire du café. Quand ce fut prêt, il apporta une tasse pleine pour elle et une pour lui, noires, sans sucre. Eva s'assit. El Gordo put voir la pointe des seins à travers le chemisier, les jambes longues et blanches, les ongles des orteils, parfaits. Il voulut s'agenouiller, l'embrasser, la déshabiller, mais au lieu de ça, sans bouger de son hamac, regardant les feuilles agitées par le vent, d'une voix ténue mais ferme, il lui proposa : de changer de vie, de le faire immédiatement pour laisser une fois pour toutes derrière elle les années de souffrance et de dépendances.

– *Ce que je suis en train de te proposer, c'est plus qu'un travail, Eva, c'est une thérapie.*

– *Et qu'est-ce qui vous fait penser que j'ai besoin d'une thérapie, docteur Ochoa ?*

– *Je pense que vous êtes complètement folle à lier, infirmière.*

– *Je t'entends, comme toujours, sage entre les sages.*

– *Le meilleur travail du centre de santé, ce sont les stages offerts aux enfants du coin, parce que ni l'autre infirmière ni toi ne vous êtes rendu compte où vous êtes.*

– *Et où sommes-nous, grassouillet ?*

– *Dans la jungle. Et vous, vous travaillez entre quatre murs comme si la grande ville vous avait pas rejetées, comme si jamais vous étiez arrivées ici.*

La jungle avait toujours été un mystère pour Eva. D'abord, à l'école, un mystère fait de photographies et de mauvais films gringos. Ensuite, quand apparut la possibilité de tout laisser tomber pour s'en aller à ce port de nulle part, un autre mystère, un mystère innocent, enfantin, qui commença à se défaire tandis que le petit avion cherchait une piste dans cet univers sombre, plus vaste que n'importe quelle ville, sillonné par des rivières qui vues d'en haut avaient l'air noires et ondulantes comme de gigantesques serpents. Un mystère de conte pour enfants qui disparut complètement, douloureusement, quand la porte de l'avion s'ouvrit et que cette humidité odorante, chargée de bruits animaux, la frappa, littéralement, à l'estomac, la faisant presque s'asseoir de nouveau, comme si l'immensité de la jungle se trouvait tout entière dans la poussée de cette masse de chaleur et d'eau suspendue, lui disant qu'elle ne devait pas être là, que c'était mieux de remonter dans l'avion et foutre le camp.

Ensuite, avec le passage des semaines, elle se résigna à la présence de la jungle harcelant le fragile ordre de la ville par les quatre côtés. Elle ne sut pas d'où elle tira la force pour le supporter. Pour les colons misérables, il n'y avait que deux options : la jungle ou la mort. C'étaient des paysans acculés par la violence et la pauvreté des montagnes, arrivés au port sans rien savoir de la forêt tropicale mais connaissant très bien le travail pénible, les mains qui font mal, le manque de nourriture, l'inertie bornée de la matière qui jamais ne se laisse complètement dompter.

Eva, en revanche, était une enfant des villes privilégiée et pour elle la *manigua* était très différente d'une menace qu'il fallait vaincre à feu et à sang. Dans sa tête, la jungle cachait d'autres jungles très différentes, pleines de sens et de peur. Et celles-ci, invisibles, ne lui servaient à rien. Elles ne parvenaient qu'à la distraire de la jungle réelle (l'obscure, la sourde, l'impitoyable, qui sans cesse l'appelait avec le gémissement de ses bêtes du fond de toutes les rues, de toutes les cours, de tous les murs).

De sa vie antérieure elle ne se rappelait plus que le plaisir sans fin des drogues, qui menaçaient toujours de la tuer. Ce qu'El Gordo Ochoa lui disait maintenant, en cet après-midi de hamacs, c'était que la jungle pouvait lui offrir un plaisir aussi intense que l'autre, aussi délicieux, mais sans tout son pouvoir destructeur, et, avant de se mettre debout, avec un ton de sage arrogant, il lança un dernier hameçon.

Ceux qui se trouvent bien ici, ce sont ceux qui vivent ici depuis toujours, Eva. Nous, nous sommes de pauvres bestioles nouvelles. Effrayées, malades, essayant de pas être dévorées par les moustiques ou les serpents. Ce monde est à eux, pas à nous. Ils le savent. Presque aucun d'entre nous ne veut le voir. Nous faisons que passer, Eva, et tôt ou tard nous devrons foutre le camp. Nous en aller à la ville ou nous faire foutre. Eux, en revanche, s'en vont jamais, même pas quand ils meurent.

Ochoa s'étonna, trois jours après la conversation des hamacs, un vendredi, de voir Eva arriver avec une demi-bouteille de rhum et deux petits verres. Ils s'assirent tous deux sur les rocking-chairs, devant la maison, comme deux vieux. Eva leva son verre rempli et attendit qu'il en fasse de même et porta un toast au voyage qu'elle allait entreprendre le lendemain. Avec le batelier du gouvernement provincial, dans une grande *curiara*, une embarcation plus légère et plus longue que le canoë, remontant l'Atabapo, presque à sa source.

Les enfants de l'ethnie Curripaco avaient faim. Les crues hivernales de la rivière Atabapo avaient été plus importantes que jamais et avaient recouvert les buissons de yucca. La pêche était devenue rare à cause de la boue et du mercure que les mineurs déversaient dans les bancs de sable de la source. Le gibier avait fui vers des lieux encore plus reculés, et le territoire de chasse des Curripacos était désormais cerné par les pâturages et le bétail des éleveurs arrivant des Llanos orientales, et par ce qui était peut-être la plus grande culture de coca au sud de la rivière Guaviare, avec neuf cabanes-laboratoires, soixante travailleurs permanents, onze gardes bien armés, une piste d'atterrissage privée et trois contremaîtres.

Les Curripacos, acculés par la famine, se nourrissaient des quelques rares fruits qu'ils parvenaient à trouver et de serpents. Désespérés, un matin à l'aube, ils avaient pénétré dans les pâturages et tué trois vaches appartenant à des éleveurs. La viande avait suffi à calmer la faim dans les dix-neuf hameaux du río Atabapo. Lorsqu'ils découvrirent le vol, les gardes des éleveurs abattirent à coups de fusil les trois premiers jeunes Curripacos qu'ils trouvèrent dans la rivière. Ils les laissèrent se vider de leur sang au fond d'une *curiara*, puis ils attachèrent l'embarcation en pleine nuit sur le quai de l'un des villages. Accroché au cou de l'un des jeunes hommes, ils laissèrent un avertissement que lut le seul alphabétisé, un batelier qui vendait de temps en temps ses services à Puerto Inírida.

UN BATAR D'INDIEN POUR CHAQUE
VACHE QUE VOUS VOLÉ
VOUS ÊTE AVERTI

Le batelier, qui parlait espagnol, s'était immédiatement rendu à la mairie du port, mais personne ne fit cas de lui. De la mairie, il se rendit au bureau de la région. Rien à faire, une secrétaire lui dit qu'elle ne comprenait pas son accent, de revenir quand il y aurait une réunion officielle des Curripacos avec les membres de l'Assemblée départementale. Ce fut alors qu'il eut l'idée d'aller jusqu'au Poste de Santé. Le Dr Andrade le fit asseoir sur une des chaises en plastique de son bureau et lui demanda comment il pouvait l'aider. Le Curripaco lui expliqua tout. Le médecin lui demanda s'il avait de l'argent pour dormir cette nuit-là en ville. L'Indien lui répondit qu'à chaque fois qu'il se rendait au village, il dormait dans sa *curiara*. Le médecin lui dit qu'il resterait chez lui cette nuit-là. Il lui dit d'attendre la fin de son service.

Ce matin-là, il n'y avait ni blessés ni malades et Andrade s'ennuyait, alors il sortit faire un tour, alla jusqu'au bureau de l'Institut du Bien-être familial, chargé entre autres choses d'alimenter les enfants malnutris. Il invita le directeur de l'Institut à la cafétéria des retraités. Les communautés du haut Atabapo n'ont pas de quoi donner à manger à leurs enfants, lui dit-il. On pouvait sûrement faire quelque chose. Le directeur, un politicien qui avait été conseiller municipal, membre de l'Assemblée départementale et secrétaire au Logement de la Ville, lui dit que ce n'était pas aussi simple que ça. Qu'il dépendait, lui, de budgets qui se réservaient six mois à l'avance, que les Indiens devraient attendre.

Andrade avait fait semblant de se résigner, mais la nuit même il rendit visite au gouverneur chez lui. Celui-ci lui dit qu'il pouvait réserver un budget pour acheter suffisamment de riz et de lentilles pour toutes les communautés pendant un mois. C'était tout ce qu'il pouvait offrir. Et faire pression sur le bureau national du Bien-être familial. Rien de plus. Pour Andrade, c'était plus que suffisant. Le gouverneur lui dit qu'il ne pouvait mettre aucun canot à leur disposition ni fournir de combustible pour transporter les aliments en amont de la rivière. Andrade le remercia avec insistance, lui dit qu'il s'occuperait du transport, fit une blague sur la bureaucratie étatique et alla se coucher.

Le lendemain, il essaya de contacter son supérieur direct au ministère de la Santé, mais on le balada de secrétaire en secrétaire pendant une demi-heure, alors il rappela le responsable local du Bien-être familial et lui expliqua la situation.

L'instinct des politiciens est infaillible et l'homme vit une opportunité. Les canots de l'Institut sont toujours disponibles et il y a quatre-vingts litres d'essence en réserve dans le port pour eux, lui dit-il. Il apporterait la nourriture, à condition qu'il puisse aussi apporter de la *bienestarina* pour les enfants. La *bienestarina* est une farine à haute valeur nutritionnelle que le gouvernement distribue dans toutes les zones du pays où il n'a pas pu éviter la misère, c'est-à-dire presque partout. Le directeur avait des centaines de paquets qui attendaient une occasion politiquement opportune pour être distribués.

Le troisième jour, un convoi de trois canots à moteur chargés de nourriture et de farine pour les nécessiteux quitta le port, et le directeur les salua du haut des marches, heureux parce qu'aux prochaines élections les Curripacos d'Atabapo allaient voter pour la première fois et que tous ces votes seraient pour lui. Eva, sur les conseils d'Ochoa, avait demandé à Andrade de la laisser partir sur l'un des canots. Elle transporterait des médicaments, s'occuperait de vaccinations, vérifierait l'alimentation des enfants. Le médecin lui avait dit que c'était du gâchis, qu'une infirmière diplômée comme elle n'avait aucune raison d'aller livrer des paquets, qu'à ce qu'il sache, elle n'avait rien égaré dans le haut río Atabapo.

Il savait que c'était un combat perdu d'avance, car personne n'avait jamais dit à cette jeune femme ce qu'elle devait faire, et c'est ainsi qu'Eva put enfin monter à bord d'une *curiara*. Lorsqu'elle fut assise sur le premier banc de bois, elle prit une grande inspiration, sourit au batelier, leva les yeux vers le ciel dégagé et sentit sa vie changer, avant même que celle-ci ne commence vraiment à changer. Quatre *curiaras* conduites par des bateliers de l'ethnie puinave et douze heures de bateau par jour pendant trois jours.

Eva comprit de quoi El Gordo parlait lorsqu'il la poussait à quitter Puerto Inírida. Ce n'était pas seulement la jungle (les gigantesques rochers comme tombés du ciel sur les rives de la rivière Inírida, les eaux rougeâtres de l'Atabapo à l'embouchure du río Guaviare, les cieux immenses, le hurlement des singes le jour et la plainte des cigales géantes au crépuscule, la *manigua* que l'on pouvait presque voir croître à l'œil nu, l'obscurité toujours menaçante cachée entre les branches). C'était tout ça, bien sûr, mais c'étaient aussi les gens.

Un bonheur qui semblait pouvoir durer plus longtemps que ses bonheurs ne duraient habituellement coulait lentement dans la poitrine d'Eva et, au troisième jour du voyage, elle comprit qu'elle était venue au monde pour être là, dans cette *curiara* au milieu de nulle part. Ils s'arrêtèrent dans trois magasins sur le trajet. De rachitiques cahutes, dont une sur pilotis, au bord de la rivière. À l'intérieur, elle vit les familles des colons les plus courageux, ceux qui s'étaient sentis capables d'occuper un bout de jungle au bord de ces rivières immenses, seuls contre le monde, avec la machette pour seul outil. Elle vit aussi des *raspachines* – des cueilleurs de feuilles de coca – ivres, des contrebandiers en train de compter leur fric, un trafiquant d'armes posant des questions rhétoriques auxquelles personne n'osait répondre.

Dans les magasins de rivière se retrouvaient tous les explorateurs de la jungle, comme dans un bar du Far-West. Ils n'avaient en commun qu'une indifférence absolue pour la loi des Blancs et les documents écrits, et une rupture irrémédiable avec la vie urbaine. La jungle les avait lentement avalés jusqu'à ce qu'ils oublient complètement le passé et la logique qui l'avait gouverné. Eva vit la confirmation de ce qu'elle savait depuis son enfance : elle était née au mauvais endroit et dans la mauvaise famille. Elle aurait aimé être l'un de ces intrépides contrebandiers ou l'une de ces matrones qui servaient derrière les comptoirs des magasins et semblaient pouvoir survivre à la fin du monde.

Au cours de l'un des très longs trajets entre deux magasins, cependant, elle se dit qu'elle romantisait ce qu'elle voyait : ni les matrones, ni les contrebandiers, ni les autres colons n'étaient là par vocation, mais par nécessité, se dit-elle, et elle se trompait. Elle le comprendrait plus tard, au cours d'autres voyages le long des rivières. Presque tous ceux qui les parcouraient, au péril de leur vie, aimaient cela. Presque tous étaient capables de saisir que le plaisir suprême était cette aventure où la nature fixait toutes les règles. Presque tous savaient aussi que si la vie l'exigeait, ils pouvaient être capables d'user de violence et d'en tirer du plaisir. Elle commençait à le deviner, Eva, elle commençait enfin à comprendre, mais le quatrième jour, ils atteignirent les communautés curripacos et elle sut que jamais elle n'aurait la force d'affronter ce qu'elle vit.

Dans le premier village, personne ne vint les accueillir sur le quai. Les bateliers puinaves, qui connaissaient bien la détermination et la force des Curripacos, interprétèrent cela comme un mauvais signe et, au lieu d'essayer d'atteindre la jetée, ils réduisirent la vitesse des canots. Personne ne sortit. Tout près de la pente inondée, ils virent ce qui semblait être un animal chassé, becqueté par des vautours, mais s'avéra être un chien mort de faim. Quand elle le vit, Eva sentit les muscles de son dos se contracter. Si les Curripacos n'étaient pas venus à leur rencontre, c'était parce qu'ils n'avaient pas la force de se lever de leurs hamacs. Hommes, femmes et enfants étaient en train de mourir de faim. Affaiblis, comme ce chien, sur le point d'être becquetés par les vautours.

El Gordo Ochoa l'avait encouragée, l'avait tentée, l'avait laissée l'âme grande ouverte, prête à recevoir toute la jungle, et c'est dans cet état qu'elle alla à la rencontre des familles mourantes. Elle pénétra dans la première maison de boue peinte au toit de palmes et vit dans les hamacs les enfants qui avaient l'air de squelettes aux grands yeux et les pères à même le sol, genoux pliés, comme s'ils veillaient sur leurs enfants pour que leurs âmes ne les quittent pas.

Les femmes étaient derrière les maisons, dans les cuisines où les hommes ne pouvaient pas entrer, debout, cuisinant comme elles cuisinaient quand il y avait de la nourriture. Elles extrayaient le poison de la *yuca brava*, lavaient la pulpe, la broyaient et mettaient le poisson ou la viande à fumer dans les filets de branches, bien au-dessus de la fumée du feu de camp. Mais il n'y avait ni manioc, ni poisson, ni viande, et les femmes se déplaçaient parce qu'elles le pouvaient encore, pour supporter le cauchemar, comme de lentes démentes (comme des fantômes de démentes sur le point de disparaître dans l'obscurité de la jungle).

Eva les soigna avec du sérum oral pendant trois jours. Tous. Hommes, femmes et enfants, gisant dans leurs hamacs. Lorsque les femmes les plus jeunes furent enfin assez fortes pour cuisiner, elle leur donna l'un des quatorze ballots de *yuca brava* qu'elle avait apportés et leur demanda de le faire cuire comme elles savaient le faire, jusqu'à le transformer en cette farine de grains grossiers et durs qui, mélangée à de l'eau ou au bouillon qu'elles faisaient avec les quelques poissons qu'Eva avait trouvés pour elles dans les magasins de la rivière, allait réussir à leur sauver la vie.

Lorsque ces familles furent guéries, Eva réalisa que s'ils continuaient à remonter la rivière aussi lentement, en amont, dans les villages situés à trois jours et plus, enfants et vieillards allaient commencer à mourir. Elle demanda à l'un des bateliers de démonter un moteur et de l'installer à côté de celui qu'elle avait déjà sur la *curiara* plus légère. Elle lui montra ensuite comment installer une sonde, comment faire un bouillon, comment nourrir les enfants, et prit congé de lui sur le quai. Elle et les trois autres bateliers, désormais dans trois *curiaras*, furent reçus par les anciens du bassin supérieur, debout, mais muets ou rendus délirants par la faim. Dans les deux dernières communautés, la *curiara* rapide arriva trop tard.

Cinq enfants étaient morts et leurs mères déliraient ou avaient trop faim pour comprendre. Après avoir passé quinze ans à transporter des marchandises sur la rivière, le batelier pensait avoir tout vu. Des torses déchiquetés par des balles de gros calibre, des hommes qui respiraient par leurs blessures, des visages tailladés à la machette. Rien ne l'avait préparé à ce qu'il devait voir dans ces villages. À ces cinq enfants tués par la faim. Dans leurs hamacs, dans des positions différentes, leurs membres toujours comme des baguettes sur le point de se briser, leurs mains grandes ouvertes et leurs visages aux yeux paniqués, comme si, avant de s'en aller, ils avaient dû entendre l'éclat de rire sarcastique et strident de la mort.

En tout, Eva et ses bateliers restèrent quinze jours sur la rivière, jusqu'à ce que le pire de la famine soit passé et qu'ils reçoivent d'Andrade la bonne nouvelle de l'hélicoptère promis par le gouverneur, avec suffisamment de vivres pour trois mois. Comme il n'y avait rien d'autre à faire dans ces ports devenus de petits enfers sur terre, Eva décida de retourner à

Puerto Inírida dans le même hélicoptère qui avait apporté les vivres.

Malgré toutes les horreurs qu'elle avait vues, Eva retourna dans la jungle dès qu'elle le put. Dans aucune des sorties suivantes elle ne vit d'enfants qui mouraient de faim. Quelques flambées de malaria, des virus gastriques transmis par les colons de l'intérieur, quelques accidents. Elle régla les problèmes de santé comme par inertie, sans y faire grande attention. Ce qu'elle aimait le plus, ce n'était pas son rôle d'ange gardien, mais la prise de conscience que tout ce à quoi elle accordait de l'importance en dehors de ces voyages n'en avait aucune. La jungle lui faisait oublier les petits conflits humains et la valeur de l'argent. Mais il n'y avait pas que cela qui fût devenu sans importance.

Vue depuis les *curiaras*, la culture, toute la culture, leur culture, devenait un mirage dont il ne valait pas la peine de garder mémoire. Évaporés dans la chaleur s'en allaient les bâtiments, les armes, les livres, les ponts, les ordinateurs, les musées, les sports, les drogues. Tout. La vraie sagesse, Eva commença à le croire, se trouvait dans l'absence de progrès. Les Curripacos, les Desana, les Puinaves à qui elle rendait visite vivaient de la même manière depuis des millénaires. L'idée de changer ce que les pères avaient fait, de s'inventer une culture pour le plaisir de se l'inventer, ça n'existait pas. Les ressources étaient toujours les mêmes (l'eau, le soleil, les plantes, les animaux, une poignée de graines), et comme elles étaient toutes indispensables, l'existence ne consistait qu'à les utiliser du mieux possible.

Chaque soir, les hommes s'accroupissaient autour du feu et restaient un long moment silencieux, écoutant le crépitement du bois enflammé jusqu'à ce que quelqu'un raconte une anecdote qui lui était arrivée et que les autres racontent aussi les leurs. Et c'était tout. Les femmes faisaient la même chose dans les lieux de transformation du manioc et de la viande. Elles mentionnaient les petites différences entre un jour et l'autre. Et rien de plus.

Si cette existence était telle qu'elle semblait être (facile, agréable, heureuse), ça n'avait pas de sens de faire les efforts nécessaires pour inventer l'écriture, la science, la technologie, l'art, la guerre. C'est pourquoi les peuples de la jungle considéraient les Blancs avec un mélange de peur, de compassion et de dérision. Tous. Y compris les infirmières. La maladie faisait partie de la réalité et entre être de ce côté-ci de la matière ou de l'autre côté, celui du mystère, cela ne faisait pas une grande différence. La réalité des morts était toujours aussi présente que celle des vivants. Il en avait toujours été ainsi, avant que les guérisseurs indigènes n'existent et avant que les médecins blancs n'arrivent avec leurs petites fioles, et il en serait toujours ainsi, jusqu'à ce que la jungle disparaisse et avec elle ses habitants.

Pour Eva, le regard que les indigènes posaient sur elle était la preuve qu'elle s'était trompée toute sa vie, mais aussi la preuve qu'elle pouvait encore apprendre, corriger ses erreurs, laisser derrière elle la peur qui animait chacun de ses actes (peur de l'immobilité, du silence, du vide qui se cachait derrière tout ce qui était solide). Il suffisait que les yeux compatissants et moqueurs des indigènes la regardent pour qu'elle se sente réconfortée, accompagnée soudain de la certitude que toute sa vie antérieure n'avait été qu'une grande erreur de perspective et que l'unique bonne idée qu'elle avait eue était d'aller vivre dans un endroit où les personnes remarquaient cette erreur fondamentale avant même qu'elle ouvre la bouche.

Outre le plaisir que lui donnaient ses rencontres avec les indigènes, elle développa une dépendance physique, bien plus forte que celle de la drogue, à la jungle elle-même. Au silence blotti derrière tous ses bruits la nuit, au mystère tapi dans sa sombre humidité, à l'absence de mystère en chacun des êtres vivants qui la peuplaient. Jamais elle ne ferait partie de ce monde, elle le savait bien, mais elle ne pouvait plus désormais être heureuse en ville. Dès la première sortie, elle comprit que la prise de conscience de l'inconvenance absolue de son existence et de celle de sa civilisation n'était pas une tragédie, mais la seule occasion de laisser derrière elle tout le pesant fatras qui la lestait depuis des années, l'écrasait contre le sol.

Dans la jungle, qui elle était n'importait pas, ni d'où elle venait, ni ce qu'elle avait possédé avant d'arriver. Ce qu'elle faisait ou ne faisait pas sous ces arbres n'avait pas non plus d'importance. Elle pouvait mourir, et la jungle s'en foutrait. Elle pouvait guérir trente personnes sans que cela modifie d'un iota le poids absolu de la *manigua*. Elle pouvait avoir des convictions politiques, des principes moraux, des souvenirs, une personnalité, des intérêts, des désirs, mais pour la jungle, elle n'était qu'un être minuscule qui respirait. Un être de plus, plus vulnérable que les autres.

7

Après avoir terminé ses études universitaires à Bogotá, et malgré un père très riche, Pedro Gómez décida de ne pas devenir ingénieur, mais sous-traitant de l'État. Grâce aux relations de son père, il prit en charge la distribution du ciment et des toitures en zinc sur la rivière Meta et, grâce à son intelligence, à son amour de l'argent et à son ambition sans limite, il contrôla très rapidement les bassins de quatre autres rivières des Llanos orientales. Avant son trente-cinquième anniversaire, il avait mis la main sur tout le territoire accessible, rendu la distribution plus efficace, payé le sabotage des autres sous-traitants et s'était rendu indispensable au fonctionnement de sept départements. Fier de son fils aîné, son père lui laissa en plus en héritage dix haciendas et huit mille têtes de bétail.

Six mois plus tard, lors d'une tentative d'enlèvement, la guérilla des FARC tua son père et quatre gardes du corps. Le jeune Gómez, millionnaire et puissant, comprit que le seul moyen de chasser complètement la guérilla des régions qu'il contrôlait était d'armer et de mieux organiser les escadrons paramilitaires. Il comprit aussi très vite que cela ne suffirait pas. Avec plus de onze fronts sur ses territoires et des soutiens dans diverses communautés du sud, la guérilla ne pourrait être vaincue qu'en combinant toutes les formes de lutte. C'est ainsi qu'il entra en politique.

À l'âge de quarante ans et sans avoir fait la moindre réunion publique, il fut élu gouverneur du Guainía grâce à la campagne paramilitaire. Vote comme il faut, ou crève aussitôt. À partir de ce moment-là, associé à des trafiquants de drogue de second plan et protégé par l'État, il avait déchaîné une guerre sans précédent et réussi à acculer les guérilleros dans les jungles du Sud, où ils étaient encore retranchés lorsque le jeune Andrés était né.

À l'âge de quinze ans, Andrés commença à montrer les qualités qui avaient fait de son père un leader-né. Utilisant le pouvoir d'intimidation de son nom de famille, il était remonté jusqu'au seul revendeur de marijuana de la région et avait demandé l'exclusivité de la vente au détail pour lui et deux de ses amis. En échange, il ne le dénoncerait pas à l'armée ni aux paramilitaires. Le dealer, un indigène « blanchi » qui ramenait la marijuana en canot à moteur depuis le Brésil et dont les clients représentaient plus de la moitié des habitants de la ville, prit peur et accepta le marché.

Sans en parler à son père, mais en faisant croire aux distributeurs qu'il avait sa bénédiction, Andrés joua une partie à trois bandes qui lui apporta les principales satisfactions auxquelles un jeune homme pouvait prétendre dans ce genre d'endroit : l'argent, la reconnaissance et l'admiration de ses pairs. En plus d'être malin et riche pour son âge, en plus d'être le fils du boss de la région, qui pourrait le protéger en cas d'urgence, Andrés était un très beau garçon. Peau mate, yeux verts, comme son père, un peu plus trapu, il avançait avec l'assurance de ceux qui se savent maîtres du monde.

Sa vie était un jeu trop facile, trop agréable, presque ennuyeux, quand Eva apparut en ville pour tout mettre sens dessus dessous. Il la vit pour la première fois au Caney, comme presque tout le monde, et comme El Gordo la vit, mais beaucoup plus tôt. Il en devint obsédé et eut l'intelligence de ne pas la faire fuir en la suivant, même si ce qu'il aurait vraiment voulu, c'est de l'avoir à ses côtés vingt-quatre heures sur vingt-quatre. Ce qu'il fit au lieu de la harceler, c'est la regarder de loin et la désirer, au Caney et dans la rue, et lui offrir son aide lorsqu'il vit qu'elle en avait besoin.

La première fois, ce fut alors qu'elle déchargeait d'un camion les deux lits, la table et le bric-à-brac pour la cuisine de sa nouvelle maison. Andrés se trouvait par hasard en train de livrer un sachet de marijuana à un client dans la maison d'en face, et lorsqu'il la vit, seulement accompagnée d'une autre infirmière, transpirant à grosses gouttes, essayant de transborder ses affaires, il lui proposa de l'aider. Il s'en alla et revint avec un ami, à eux deux ils mirent la maison en état de marche. Lorsqu'ils eurent terminé, il invita Eva à prendre un café à la boulangerie et réussit à faire la conversation sans paraître trop nerveux (à propos de Bogotá, de cette ville-ci trop petite pour lui, du fait d'être étudiant au lieu d'être libre), puis il lui dit au revoir, en lui offrant son aide pour tout ce dont elle aurait besoin.

À partir de ce jour-là, que ce fût parce qu'elle avait besoin de lui pour des tâches pratiques ou simplement pour lui tenir compagnie, Eva vit Andrés plusieurs fois. Elle savait qu'il mourait d'envie de la déshabiller, il savait qu'elle le savait, mais tous deux savaient qu'il ne se passerait jamais rien et, grâce à cette tension permanente, elle gagna un auxiliaire fidèle et lui la personnification du parfait amour platonique, et même quand il fut évident qu'El Gordo Ochoa était l'amour de sa vie. Il lui fit ses courses quand elle était trop fatiguée pour le faire, répara le ventilateur, modifia l'installation électrique de la cuisine, changea la serrure, coupa le gazon et les mauvaises herbes de l'arrière-cour.

El Gordo Ochoa se prenait pour un modèle de machisme, mais il était surtout complètement nul pour les questions pratiques (incapable de faire quoi que ce soit d'autre que de gagner assez d'argent pour payer quelqu'un pour le faire à sa place). Une nuit sans vent, après avoir terminé son service au Centre de Santé, alors qu'Abril dormait et qu'Ochoa se trouvait à cinq cents kilomètres de là, Eva offrit une bière à Andrés. Ils s'assirent sur la marche qui descendait de la buanderie vers l'herbe fraîchement tondue. Sentant les broussailles de la jungle, transpirant, se sentant l'un l'autre, ils parlèrent enfin de ce qui ne pouvait plus être reporté, sans savoir comment tout cela allait se terminer.

Assis comme ça, en sueur, chacun une bière à la main, ils regardèrent les étoiles, constatèrent encore une fois à quel point ils s'entendaient bien et se demandèrent sans dire un mot s'ils s'entendraient aussi bien nus dans un lit. C'est du moins ce que crut Andrés, le regard posé sur la bouche de la jeune femme. En tout cas, ils se sentaient l'un l'autre, humaient l'herbe sauvage et faisaient comme si rien de tout cela n'avait lieu. Eva, que la présence d'un homme rendait nerveuse pour la première fois depuis bien longtemps, choisit de fuir en avant de la seule manière qu'elle trouva : en parlant du passé, des tourments de la ville, de la fête et de la drogue, de la façon dont elle était arrivée dans cette ville oubliée du trou du cul du monde.

Il sut l'écouter, hochant sincèrement la tête, dans le silence le plus complet, comme s'il n'était pas lycéen mais beaucoup plus âgé, et lui confia également des histoires que personne d'autre n'avait entendues. Quel genre de personne était son père, comment il avait perdu sa virginité et, bien sûr, de quelle sorte d'affaires il s'occupait vraiment (celles qui à présent lui permettaient de mettre de côté suffisamment d'argent pour foutre le camp de cette ville, de ce pays en proie aux flammes, loin de sa famille, sans regarder en arrière). Quand elle l'apprit, elle lui dit combien elle aimerait fumer un joint. Et immédiatement, comme s'il avait besoin d'explications, elle ajouta que là, en cet instant, elle se sentait tirée d'affaire, qu'elle était sûre de pouvoir en fumer un et rien qu'un, sans avoir besoin de replonger dans la fête. Andrés se rendit compte, surpris, qu'en plus de la désirer et de la comprendre, il l'aimait plus que l'on pouvait aimer quelqu'un, et il se découvrit aussi vieux que son père ; il hésitait : devait-il vraiment lui donner de la marijuana, était-ce la chose à faire ?

Il choisit de changer de sujet. Pendant une quinzaine de minutes, ils fuirent tous les deux, survolant ce qu'ils étaient, ce qu'ils faisaient là. Parlant d'Abril, de l'incroyable Abril, de la vie dans la ville, des indigènes, du travail d'une infirmière, jusqu'à ce qu'Eva en eût assez et lui posa des questions sur ses clients, ceux auxquels il distribuait la marijuana. Il lui dit qui étaient les fumeurs du coin. Les amis lycéens et les putes et les hippies et les professeurs du lycée, bien sûr, comme dans n'importe quelle ville, et de plus ici quelques-uns des très nombreux sous-traitants temporaires, mais aussi, de manière surprenante, les politiciens, les militaires, les techniciens, les policiers. La garantie du fonctionnement de l'affaire consistait à convaincre les clients que son père, le gouverneur, était au courant de ses activités et les autorisait, et qu'il savait donc parfaitement quoi faire s'il était pris sur le fait.

Dans une ville comme celle-ci, les contrats publics, les commissions illégales, les postes de travail, la répartition du butin bureaucratique, les promotions de carrières et la pyramide électorale n'étaient pas un luxe nécessaire, le plaisir des ambitieux, comme dans d'autres villes, mais la seule façon de rester en vie (la seule façon de ne pas être dévoré en silence par la jungle sourde, de n'être pas jeté aux chiens de toutes les espèces qui vous tournaient toujours autour, armés jusqu'aux dents, et, surtout, la seule manière de ne pas être rendu à un monde réel qui continuait à exister, loin de la *manigua*, et dans lequel aucun de ceux qui vivaient là désormais n'aurait plus été capable de fonctionner). La panique d'être expulsé de ce milieu, qui fonctionnait à la perfection et dans lequel il y avait à manger pour tous, à condition de respecter les hiérarchies, cette peur profonde qui hantait chaque fonctionnaire, était bien supérieure à la tentation de lancer des rumeurs ou de faire fuiter un gros titre contre le gouverneur en dénonçant son fils.

Le gouverneur était le gouverneur parce qu'il le méritait, parce que de nombreuses forces le soutenaient et, à l'instant même où quelque chose de ce genre serait rendu publique, aucun miracle ne sauverait le délateur des crocs des chiens. Ils en riaient, déjà à la quatrième bière, conscients l'un comme l'autre qu'il suffirait d'un frôlement pour qu'ils finissent tous deux en râles de plaisir dans le lit, et Andrés lui offrit le joint. Ils le fumèrent ensemble, se moquant de nouveau de la ville, du père d'Andrés, des putes, d'El Gordo Ochoa, du sérieux du Dr Andrade et des chansons absurdes que les militaires chantaient quand ils sortaient trottiner dans les rues. Andrés, sans en avoir conscience, sans contrôler ses propres mouvements, fit le premier geste. Il serra d'une main la nuque d'Eva, se sentant plus âgé, de nouveau, comme s'il agissait par amour et non par désir, surpris par son propre courage. Elle saisit cette main entre les siennes, sans cesser de le regarder, et lui expliqua en très peu de mots : elle et lui pourraient être les meilleurs amants du monde, mais ça mettrait fin à leurs vies.

Un silence suivit, envahi par le bourdonnement de tous les insectes de la jungle, soudain présents, d'une telle force qu'Andrés faillit se boucher les oreilles avec les mains. Eva ajouta ce qu'il n'était pas nécessaire d'ajouter. El Gordo finirait par l'apprendre, le gouverneur aussi, et eux le sachant, toute la ville le saurait, ça et tout le reste, tous leurs secrets passés et futurs, et ni lui ni elle n'étaient suffisamment forts pour être amants tout en survivant et conservant ce qu'ils aimaient le plus. Ils connaissaient d'avance la fin. Il n'était pas nécessaire de l'exprimer en mots, mais c'est pourtant ce que fit Eva. Ils finiraient morts ou expulsés.

Heureusement, seul s'ensuivit le silence. Un silence dans lequel les insectes peu à peu se turent, de plus en plus distants dans l'obscurité humide. Heureusement, plus aucune parole ne sortit de la bouche d'Eva, de cette bouche sur laquelle Andrés n'était plus capable de poser son regard. Il ne transforma pas le futur en paroles, ce futur qui se trouvait sous les mots : ils continueraient à se désirer comme ça, sans se toucher, ils penseraient chacun à l'autre quand ils se verraient et se souriraient dans la rue et peut-être après, seuls, ils penseraient à l'autre dans leurs maisons, peut-être dans leurs lits, de loin en loin.

Ils l'ignoraient, mais, si on leur avait demandé d'imaginer leur futur, ils s'en seraient aperçus : si le monde ne changeait pas brusquement, si une tragédie ou la guerre ne faisait pas irruption dans la ville, si rien ne merdait, il lui montrerait tout son amour comme le ferait un homme timide et âgé : réparant tout ce qui s'endommagerait, s'occupant d'Abril, et elle, de son côté, en faisant toujours appel à lui, l'aimant du regard, lui donnant des conseils quand ce serait nécessaire, et en lui achetant, très rarement, presque jamais, un petit sachet de marijuana. Et rien de plus.

Il n'en fut pas ainsi du futur immédiat d'Eva et du lycéen Andrés, comme ils l'auraient imaginé s'ils avaient dû lancer les paris. Il fut un peu meilleur, à la différence du futur lointain. Au cours des mois avant la fin, ils ne se déshabillèrent pas ensemble, comme ils auraient aimé, ils ne se touchèrent jamais, mais ils ne purent pas s'empêcher de parler. De seulement parler. La rencontre des bières et des herbes sauvages qui poussaient derrière la maison devint un rituel, très petit, humble, résigné, un rituel bien à eux qui se déroulait chaque fois qu'Ochoa quittait la ville, toutes les deux ou trois semaines. Elle lui parla de ce qui lui était indispensable, de son amour pour Abril, et Andrés parla de sa seule petite amie, une gamine du lycée convaincue que lui, le fils du politique le plus influent, finirait par se marier avec elle, faisant d'elle quelque chose comme la première dame de la région. Elle lui conseilla d'utiliser des préservatifs. Il lui conseilla de ne jamais cesser de parcourir les rivières.

Tous deux parlèrent des livres qu'ils lisaient, et ils étaient nombreux. Des romans d'horreur, de science-fiction, des romans pornographiques. De son côté à elle s'ajoutaient les écrivains latino-américains qui lui tombaient entre les mains. Aucun des deux ne savait parler des livres, mais ils sentaient une confiance mutuelle suffisante pour se tromper ensemble. À chaque rencontre, Eva voyait se confirmer ce que, depuis le début, elle savait, et Andrés croyait être en train d'apprendre : cette tension sexuelle, toute cette énergie contenue et transformée en paroles et en actions non sexuelles, était bien meilleure que l'acte sexuel lui-même.

Pour éviter de la voir en étant soûl, pour éviter de faire quelque bêtise, Andrés ne retourna pas au Caney les vendredis et les samedis. Il rassembla une bande de parieurs, parmi lesquels se trouvaient le patron de l'un des restaurants et le chef de la police, et passa son temps à jouer au poker avec eux et ses meilleurs amis du lycée, mangeant et buvant gratuitement. C'était plus que suffisant. Ils ne perdaient ni ne gagnaient trop, ils se sentaient plus âgés qu'ils ne l'étaient et retournaient chez eux à quatre ou cinq heures du matin, toujours heureux.

8

Cet après-midi-là, El Gordo Ochoa alla chercher Abril à la sortie de l'école, comme il le faisait toujours quand Eva était absente. Ils allèrent à la maison en parlant de la professeure d'espagnol qui, d'après la fillette, était méchante et punissait des enfants qui n'avaient rien fait. Ils parlèrent des autres enfants, qui, selon Abril, ne savaient jouer qu'au football et à la boxe. Une fois chez eux, Ochoa prit une bière et prépara pour Abril un croque-monsieur avec du fromage et de la mayonnaise, une boisson chocolatée. Il était épuisé par le travail de la matinée, il la laissa devant la télévision et s'endormit une demi-heure, tous deux bercés par la brise fraîche de l'après-midi qui pénétrait par les lucarnes et ressortait par la porte de la cour pour se perdre dans l'obscurité de la jungle.

Quand il fut l'heure de retourner au travail, Ochoa quitta le hamac, se jeta de l'eau sur le visage, se brossa les dents, prépara un café et descendit jusqu'au port avec Abril pour la laisser avec les enfants du patron du Caney, qui jouaient au football sur la place. Il y avait les deux garçons et trois autres voisines, des filles du mécanicien des canots et du marchand d'essence. Elles connaissaient Abril et l'aimaient, alors ils arrêtèrent de jouer jusqu'à ce qu'elle, comme elle le faisait toujours, délaçât puis relaçât ses chaussures rouges. Ochoa resta cinq minutes à les regarder jouer, puis il grimpa jusqu'au dépôt d'essence, à l'autre extrémité du port.

Il marcha lentement, l'esprit tranquille, respirant la brise qui pour la première fois depuis quatre mois ne sentait pas le marécage, les fruits pourris. Il mit exactement une heure à encaisser ce que lui devaient les mineurs. Pendant cette heure, Abril joua au football, but de l'*aguapanela* avec du citron, jeta des pierres dans la rivière avec les autres enfants, jusqu'au moment où tous en eurent assez et l'invitèrent à regarder la télé. Elle refusa. Ils insistèrent. Elle dit qu'elle restait sur le port, qu'elle attendait Ochoa là, et ce fut cet entêtement qui fit qu'Abril fut la première à les voir.

Trois canots bimotorisés. Six ou sept hommes dans chaque canot. Des chemises blanches ou rayées, joues parfaitement rasées, deux mitrailleuses à canon scié visibles. Ils allaient très vite, mais près de la rive opposée de l'immense rivière, et c'est pourquoi Abril les voyait passer très lentement. Les dockers et les bateliers étaient déjà partis se reposer, les grossistes étaient occupés à fermer, les autres enfants étaient déjà chez eux. Il ne restait que quelques minutes de lumière avant que la jungle n'avale le soleil dans leurs dos, et c'est pourquoi Abril fut la seule à les voir.

Elle sut que jamais auparavant elle ne les avait vus. Elle sut que seuls portaient ostensiblement des armes les soldats, les amis des soldats, ou ceux qui étaient plus forts que les soldats. Elle eut peur. Pas des hommes dans les canots, qui disparurent en amont de la rivière, mais de l'obscurité, qui tomba soudainement et laissa la ville assiégée par le bruit vibrant des cigales, des grillons, des crapauds. Elle leva la tête pour voir la lune, mais la lune n'était pas là. Sans voir où elle posait les pieds, elle courut dans la rue principale, tourna au premier coin de rue et arriva hors d'haleine chez le patron du Caney.

On la reçut avec un baiser, on lui servit de la viande grillée et du riz sur la table de la cuisine, puis on la fit asseoir avec les autres enfants devant une *telenovela* mexicaine où une vieille pleurait en regardant par la fenêtre une voiture qui s'éloignait, et où un homme en costume-cravate épiait une conversation depuis les marches blanches d'une villa. À sept heures, quand Ochoa arriva, elle se demanda si elle devait lui raconter le passage des canots à moteur, mais il n'y avait rien au monde dont elle avait davantage peur que d'être prise pour une idiote, alors elle garda le silence.

Victor Carriazo, El Minero, avait fait fortune grâce à ses talents innés, qu'il avait su perfectionner plus vite que ses congénères, quand la guerre des émeraudes avait éclaté dans la cordillère. C'était le plus astucieux, le plus sournois, c'était lui qui avait le plus le goût du sang, une vision claire des objectifs et assez de sang-froid pour assassiner ses trois frères et s'emparer ainsi de toutes les mines. Il avait su aussi, avant tout le monde, que la guerre ne se gagnait qu'avec des acolytes puissants dans la politique et l'économie légale. Il devint l'ami et l'associé de maires, de gouverneurs, de militaires, de ministres. Il investit dans des entreprises d'importation, dans l'industrie lourde, dans des restaurants.

C'était un type très petit, très laid, d'une soixantaine d'années. Il vivait entre une hacienda dans les Llanos et une autre dans la cordillère, dans de grandes maisons, mais pas ostentatoires. Ce qu'il aimait, c'était la guerre. Et commander. Commander non seulement les mineurs et ses plus de trois mille paramilitaires, mais commander aussi les parents qui avaient survécu et les nombreuses femmes avec lesquelles il avait des enfants. Il était simple, il continuait à s'habiller comme du temps où il n'était qu'un mineur ambitieux (comme il s'habillait pour aller à la messe, en ce temps-là), mais quand il avait remporté la guerre des émeraudes les armes à la main, il avait un président et trois ex-présidents dans la poche.

Les hommes politiques savaient que n'importe quel conflit avec Carriazo pouvait finir dans un autre bain de sang dans la cordillère et que son armée privée n'était pas seulement dangereuse pour les policiers et les soldats déployés dans les petites villes les plus perdues, mais qu'elle garantissait un vote favorable dans au moins un dixième du pays. Carriazo s'alliait toujours avec celui qui était en tête au cours des campagnes présidentielles et locales, et il gagnait toujours. Il avait sous son contrôle plus de quarante grandes communes, quelque deux millions de votants potentiels.

Son expansion depuis la cordillère vers les Llanos, et de là jusqu'aux jungles de l'Orénoque et de l'Amazone, avait commencé par l'achat des haciendas d'élevage, mais elle s'était accélérée à la fin des années 1980, quand les mafieux avaient créé leurs propres armées antiguérilla et, avec l'excuse de combattre le communisme, volé en cinq ans plus d'un demi-million d'hectares aux pauvres. Carriazo savait qu'il avait suffisamment de courage et d'intelligence pour voler lui aussi des terres sans irriter les mafieux, partageant des stratégies et des armées quand c'était nécessaire. C'est ainsi qu'il devint l'un des hommes les plus riches du pays. Maître absolu des émeraudes, cinquième éleveur de bétail, associé sporadique d'envois de cocaïne particulièrement rentables à l'extérieur.

Si on réunissait ses terres avec celles de ses associés mafieux, on pouvait créer un couloir depuis Riohacha, sur la côte caribéenne, jusqu'à Bogotá, dans le centre du pays, au plus haut de la cordillère. La guerre contre la guérilla était en train d'être remportée, il n'y avait pas un jour où ne tombaient pas quatre ou cinq complices des guérilleros, et un ou deux guérilleros au combat. La seule affaire qu'il lui restait à contrôler ou à laquelle s'associer, dans le sud du pays, était alors celle de l'or. Les dragues des rivières étaient des entreprises principalement artisanales, très petites, avec un seul patron et huit ou dix employés. Chacune donnait suffisamment pour que le patron paye son racket à la guérilla et devienne le riche de quelque hameau misérable. Les dragues des petits affluents les plus éloignés, c'était la guérilla qui s'en occupait directement.

Bien avant que lui parvienne la nouvelle d'une abondance d'or dans un méandre de la rivière Inírida, Carriazo s'était déjà rendu compte que la seule manière de mettre la main sur tout, c'était de tout mettre à feu et à sang. Il achèterait à bon prix les machines aux mineurs locaux, les indemniserait en leur accordant un pourcentage des gains et installerait de nouvelles dragues. Le mineur qui ne voudrait pas collaborer, on l'assassinerait d'une manière suffisamment notoire pour rendre raisonnables tous les autres.

Quand la nouvelle de l'or parvint à ses oreilles, Carriazo disposait déjà de plus de quatre cents hommes dans les villages sur la rivière Guaviare, attendant les ordres pour s'emparer des mines rebelles. C'est pourquoi il lui fut si facile d'envoyer ses vingt meilleurs soldats, en amont de la rivière, à la recherche de bonnes nouvelles.

Le soleil se couchait déjà quand les envoyés de Carriazo trouvèrent enfin à assouvir leur faim dans le premier hameau sur l'Inírida. Le patron de l'établissement ne servait pas à manger, mais, avant même qu'on le lui commande, en voyant ces vingt hommes armés descendre des canots à moteur, il sut qu'il devrait sortir toute la viande séchée au soleil du mois et demander à sa femme de frire des bananes, de cuire du riz et d'inventer une soupe avec le manioc et les lentilles et les bananes mûres qu'il leur restait.

Les émissaires s'assirent sur des bâches en plastique noir extraites des canots et dépliées sur les marches du quai. Tout le monde, sauf le commandant et un homme aux épaules très larges, très grand, très fort, un métis avec un accent des Caraïbes qui était toujours avec lui et semblait être une sorte de garde du corps. Au bout de cinq minutes, le commandant ordonna à tout le monde de se taire. Ils en étaient déjà à leur deuxième bière et deux d'entre eux pensèrent que le commandant plaisantait, alors ils continuèrent à parler comme si de rien n'était. Mais c'était sérieux. Le commandant les fit taire du regard, se retourna, tira un pistolet de sa ceinture et emmena son garde du corps avec lui.

À une centaine de mètres derrière la maison, sur une colline d'arbres abattus, sur un rocher rougeâtre, était assis un garçon de quatorze ou quinze ans. Devant lui, un radiotéléphone comme ceux de l'armée colombienne. Il avait probablement été volé, ou un soldat le lui avait vendu en échange de nourriture et d'alcool. C'était le fils de l'homme qui allait leur servir le repas et de la femme qui faisait frire des bananes plantains mûres dans la cuisine, mais le commandant ne se soucia pas de ces détails quand il s'approcha du garçon, qui assourdi par les écouteurs du radiotéléphone ne remarqua sa présence que lorsqu'il fut devant lui. Le commandant lui enleva le casque avec le canon de son revolver et lui ordonna de se lever. Il s'assit sur le rocher et mit les écouteurs.

Ce qu'il entendit, ce fut une voix d'adulte qui lui demandait de préciser le nombre d'hommes qui remontaient le courant. Il n'eut pas besoin d'en savoir plus. Il ne cria pas dans le micro. Il plaça délicatement les écouteurs sur le radiotéléphone, se retourna, ordonna au garçon de s'agenouiller et, sans un mot de plus, pointa l'arme sur son front et l'abattit. Il laissa le corps là, ainsi, les jambes pliées, tombé comme une marionnette grotesque, la tête déjà trempée de sang. Sur le chemin du retour, il vit la mère sortir de la cuisine, les yeux et la bouche grands ouverts. Il lui expliqua : *Je viens d'abattre ce crapaud de guérillero. Toi je te tue pas parce que tu me fais à manger, mais si tu te remets pas à cuisiner tout de suite, salope de communiste, je t'abats aussi.*

Puis il alla s'asseoir avec ses hommes au bord de la rivière, comme si rien ne s'était passé. Il regarda le soleil briller à la surface de cette rivière si large et n'eut même pas besoin de regarder l'homme dans les yeux lorsqu'il lui apporta un bol de soupe trop liquide à base de plantain, de manioc, de lentilles et de riz. L'homme savait déjà que son fils unique venait d'être tué, mais il savait aussi qu'il ne pouvait pas laisser sa femme et ses filles seules, pas là, pas avec ces hommes qui étaient prêts à se soûler et à les violer parce qu'ils étaient des auxiliaires de la guérilla. Car c'est ce qu'ils étaient, des auxiliaires de la guérilla. Par la force des choses. Un mois auparavant, un groupe de quinze hommes des FARC avait campé pendant une semaine à côté du lavoir. Ils n'avaient pas eu d'autre choix que de les nourrir, de laver leurs vêtements et de les aider à réparer les canots.

C'était ce qui s'était passé. Mais le radiotéléphone n'avait rien à voir avec tout cela. Il avait été donné au garçon par un prêtre qui avait fui les narcos en aval. Le prêtre était instituteur à Puerto Gaitán et apprenait aux enfants indigènes à refuser d'être recrutés par les narcos, quand, en plein cours, un tueur à gages était entré et lui avait dit devant ses élèves qu'il avait deux heures pour foutre le camp ou que c'était un homme mort. Et qu'il pense même pas à avertir les soldats qui le fouilleraient à l'embouchure de la rivière Guaviare. Pour éviter que les soldats ne lui confisquent le radiotéléphone qui lui avait tenu si bonne compagnie pendant ses années dans la jungle, le prêtre l'avait donné au garçon du commerce, le condamnant ainsi, sans le savoir, à recevoir une balle dans le front.

Alors qu'ils avaient fini de manger et se levaient pour partir, une très longue embarcation en bois s'arrêta devant les marches et un batelier indigène suivi de deux très jeunes femmes en descendirent. Les femmes avaient les mêmes yeux bleus que la propriétaire du magasin, les pommettes saillantes et la grande bouche du père. Le garde du corps leva les yeux vers son patron, qui se tenait en haut de la jetée et observait les jeunes femmes. Il n'aurait pas dû. Il sut immédiatement qu'agir ainsi, c'était faire signe à la malchance et aux troupes des FARC.

Incité par le regard du garde du corps, le commandant considéra ses hommes et se souvint de l'époque où lui-même avait été recruté par Carriazo dans les mines de la cordillère, lorsqu'ils avaient découvert une famille qui avait volé une émeraude, et il se souvint aussi que Carriazo lui avait dit que les tuer était une punition trop douce pour un tel crime. Et qu'il avait désigné du menton la fille de la famille, et que lui n'avait pas eu besoin de plus de mots pour pointer une arme sur elle, la traîner hors de la maison, la déshabiller de force et la violer contre le lavoir avant de donner le coup de grâce au père.

Cela avait été la pire chose que Carriazo lui avait fait faire, mais aussi la meilleure. Jamais il n'avait autant profité du sexe. Jamais il ne s'était aussi bien compris lui-même. Après le viol, alors qu'il s'éloignait de la maison en flammes, il l'avait vu clairement. Dans la cordillère, il y avait deux sortes d'hommes : les faibles (mineurs, fermiers, petits éleveurs, voleurs, ivrognes) et les forts (les soldats de Carriazo, ceux du gouvernement, ceux des grandes entreprises légales et les guérilleros). Pour devenir commandant des armées de l'un des hommes forts, il devait s'arranger pour faire parler de lui dans les hameaux et les fermes. Non seulement il avait trouvé la famille de voleurs. Non seulement il leur avait proposé d'épargner leur vie en échange de la vérité, mais il avait ensuite tiré dans chaque jambe du père, devant Carriazo, pour lui faire avouer que l'émeraude était destinée à un commandant de la guérilla qui l'avait demandée et en avait offert dix mille dollars.

En plus d'avoir eu l'audace de voler le seigneur et maître de toutes les mines de la cordillère Orientale, le paysan enrichissait les communistes qui empêchaient le seigneur et maître d'avoir la haute main sur l'extorsion, le bétail, les routes de la coca et des camions : les guérilleros des FARC. Ainsi, lorsque Carriazo lui avait donné sa bénédiction sans ouvrir la bouche, lorsqu'il lui avait dit qu'il pouvait faire ce qu'il voulait avec cette famille, il l'avait non seulement fait, mais il l'avait fait de telle sorte que tous les paysans de la région des émeraudes le sachent : personne ne trahissait Carriazo, personne ne le volait. Et personne ne recevait un seul peso de la guérilla.

Il avait pris plaisir à violer cette petite paysanne devant son père, à le tuer et à allumer le feu qui allait tout brûler. Contrairement aux faibles, il ne craignait pas d'employer la violence, il y prenait même du plaisir. Ce viol et ce meurtre l'avaient enfin rendu visible. D'abord aux yeux des paysans effrayés et des guérilleros cachés dans la brousse, mais surtout aux yeux de ses chefs, qui avaient enfin compris qu'ils avaient là un soldat intelligent et fort, doublé d'un guerrier qui aimait boire le sang de l'ennemi.

Aussi, lorsque le premier de ses soldats se retourna et le regarda dans les yeux pendant que les deux jeunes filles quittaient le canot, il comprit ce qu'il devait faire s'il voulait leur rappeler à tous qui était le chef et ce qu'eux devaient faire pour prouver leur valeur en tant que soldats. Imitant le vieux Carriazo, il se contenta de lever l'index et de le pointer sur les deux jeunes filles. Le soldat qui l'avait regardé s'approcha de l'une d'elles, l'attrapa par les cheveux et la fit s'agenouiller. Puis, déjà excité par le sang qui allait salir la boue et l'eau de la rivière, il donna ses instructions aux soldats et les filles furent emmenées derrière la maison.

Pendant que les uns après les autres les hommes violaient les jeunes filles, le commandant et son garde du corps causaient football, femmes, musique, comme s'ils ne faisaient que siroter quelques verres au bord de la rivière. Quand les autres eurent fini, ils se levèrent et marchèrent jusqu'au quai. Une fois dans les canots, remontant le courant, l'un d'eux mit sa chanson préférée sur un magnéto, une *carrilera* sur un jeune homme qui vient chanter la sérénade à sa fiancée, mais celle-ci n'est pas chez elle. Lui, le plus jeune des soldats et le commandant fredonnèrent cette chanson en regardant l'horizon, comme s'ils se souvenaient d'une femme ou d'une nuit de sérénade, comme si jamais ils n'avaient torturé, tué ou violé, et ils se perdirent dans la nuit de la jungle.

9

C'est le commandant qui le dit, presque au cœur de la nuit, quand la plupart des hommes dorment et qu'on entend seulement l'eau caresser l'échine du canot, le moteur, les cigales géantes dans la forêt tropicale. Il le dit, et ça semble sortir de nulle part, comme si quelqu'un lui avait posé une question, alors que personne ne l'a fait parce que presque tous les hommes dorment. Seuls l'écoutent le plus jeune de ses miliciens, âgé d'une quinzaine d'années, et le géant qui lui sert de garde du corps et ne lâche jamais sa mitraillette à canon scié. Ils sont assis dans l'obscurité totale de cette nuit sans étoiles, mais ils savent qu'ils sont les seuls à être éveillés dans le canot, et le jeune sent, une seconde avant que cela arrive, que le commandant veut lui apprendre quelque chose.

Il l'a vu en action, il l'a vu pendant les fusillades, il l'a vu faire des discours à la troupe, il l'a vu risquer sa vie pour ses hommes et résister à une pression qui aurait brisé n'importe qui d'autre, tout cela pour défendre son patron. Le jeune l'admire, et il lui semble que ses oreilles bougent un peu en entendant cette voix qui est sur le point de mettre en ordre cette tempête douloureuse de sentiments qu'il porte en lui depuis qu'il a vu de ses yeux grands ouverts les femmes contraintes par les soldats, criant, pleurant. La fin justifie les moyens. La fin, se dit-il, c'est d'effrayer les guérilleros et ceux qui les protègent, même si ces derniers ne sont que des enfants comme lui, comme celui qui jouait avec un radiotéléphone sur le flanc de la colline. La fin justifie les moyens. C'est ce qu'on lui avait appris dès le premier jour de la guerre. La fin, c'était de nettoyer le monde de ces guérilleros qui volaient tout ce qui n'était pas à eux, qui enlevaient et assassinaient et torturaient.

Les moyens étaient parfois tuer et rien de plus, parfois aussi terroriser avec des viols, des mutilations, des incendies. Mais dans cette attaque contre la maison, le père, la mère, les deux filles, il y avait quelque chose de plus qu'une stratégie de guerre, de plus aussi que l'envie du commandant de satisfaire ses soldats comme on donne à un loup un morceau de viande saignante. Le jeune soldat en était là de ses débats intérieurs, quand le commandant (comme s'il avait pu entendre les voix dans son cœur) le lui expliqua de façon totalement claire. Tuer, c'est toujours mal. Tuer, c'est toujours mal, mais souvent c'est mal et agréable en même temps.

Jamais ils vont le comprendre les étudiants, ces connards que le gouvernement envoie aux villages de la guerre. Ni les vieux des universités qui veulent faire la paix sans comprendre comment ça fonctionne, ni les politiciens fils de pute. Tuer, c'est mal, mais c'est aussi délicieux. Quand on tue quelqu'un, c'est toujours mal. Qu'on tue à quelqu'un sa mère, sa femme, son fils. Mal. Et pire si c'est un civil, le pauvre connard, qui fait même pas cette guerre et qu'un ennemi arrive et lui tue même sa chienne. Mais tuer un salopard ennemi ou la mère ou le fils d'un fils de pute ennemi est jouissif. Ça nous fait mal à l'âme parce que ça nous montre que tuer c'est bon. C'est le diable. Tuer, c'est un plaisir beaucoup plus grand que ce que croient ceux qui ont pas fait la guerre. Tuer, c'est mal et c'est bon aussi, c'est ce que je suis en train de dire. Mal toujours, bon pour celui qui gagne, bon pour celui qui voit le mort qui le mérite.

Le garde du corps émet un bruit d'approbation et le commandant comprend qu'il peut continuer à parler, que tous deux l'écoutent avec toute l'attention nécessaire.

Je suis dans cette guerre depuis l'âge de treize ans. J'ai tué plus de trente personnes. Les ennemis ont tué deux de mes femmes, mon fils aîné, mon père. Ils ont tué mes camarades, mes commandants. On a tiré quatre fois sur moi, j'ai eu trois doigts arrachés, on m'a broyé un coude, on m'a donné un coup de machette dans le dos. La guerre finira un jour, quand il restera plus d'hommes comme moi, élevés entre les coups de feu et les coups de couteau. Jusqu'à ce moment-là, nous qui nous battons nous sommes ça, toujours comme ça. Des bêtes furieuses. Des chasseurs qui finissent toujours chassés. Mais jamais ils le comprendront, ceux qui veulent en finir avec les tueries. Chaque fois que je trouve un salopard ennemi et que je lui explose la tête, ce que je sens c'est pas la tranquillité du devoir accompli. Ni de la compassion. Ce que je sens c'est un bonheur. C'est jouissif. Le désir satisfait du sang, de tout détruire.

Ensuite, il laisse place au silence, le commandant, et déjà il sait qu'il vient de changer la vie de la plus jeune de ses recrues, qu'il vient de lui donner la permission et une justification pour chacune de ses futures actions : pour les embuscades, les pillages, les viols, les incendies, les tortures, pour tous les combats qu'il livrera avant qu'arrive son heure. C'est bien de tuer, lui dit-il sans le lui dire. Ça ne profite à personne, mais ça ne veut pas dire que c'est mal en termes absolus. C'est en tuant qu'on gagne une guerre. Et c'est seulement la jouissance du désir de sang enfin satisfait qui peut donner au soldat la motivation suffisante pour continuer à se battre. De nouveau, comme s'il pouvait entendre ce que se dit le jeune soldat à lui-même, il lui demande, en réponse à rien :

Est-ce que je me trompe, mon garçon ? Tu as pas encore tué le premier, c'est sûr. Tu as pas voulu enfiler les femmes du magasin, tu as même pas voulu voir comment les autres les baisaient, tu as pas voulu tirer, tu as eu la tête qui tournait. Et malgré tout ça, tu comprends déjà ce que je suis en train de dire. Tu le comprends. Et tu porteras mes paroles comme une amulette dans les combats, mon garçon. Est-ce que je me trompe ? Non, je ne me trompe pas.

Le lendemain, c'est déjà la fin du jour quand, sur le canot en tête, le plus âgé des soldats voit Puerto Inírida le premier. Il propose aux autres de s'y arrêter pour se reposer et manger quelque chose. Ils ralentissent, jusqu'au moment où le canot du commandant se retrouve juste à côté du leur, et ils lui demandent l'autorisation. Le commandant refuse, il dit que ce n'est pas nécessaire d'attirer l'attention de la guérilla plus que nécessaire, pour le moment du moins. Ils poursuivent leur trajet au large. Le soldat qui a proposé de s'arrêter regarde les marches du quai pendant qu'ils remontent le courant tout près de la rive opposée. Une fillette joue seule sur les marches. Elle s'arrête quand elle les voit passer. Le plus âgé des soldats – il a vingt-cinq ans – croit que la fillette le fixe droit dans les yeux, l'air très sérieux, bien que ce soit impossible.

Ils ne s'arrêtent pas non plus aux quais des communautés des Curripacos ni des Puinaves. Les indigènes les voient, et peu à peu l'information circule. D'abord parmi ceux qui pêchent et chassent ensemble ; ensuite, par consensus, on informe le chef de toutes les communautés. Les paramilitaires sont en train de remonter la rivière en direction de Nabuquén. Le chef a déjà entendu la rumeur de l'or et demande des détails à propos de ces hommes, le genre d'armes, le genre de canots à moteur. Immédiatement après, il appelle le commandant de la guérilla des FARC dans le département de Vichada. Il lui dit que trois canots d'une vingtaine de paramilitaires de Victor Carriazo remontent la rivière.

Quand les paracos *arrivent, les premiers qu'ils tuent c'est toujours nous les Indiens. Et si la jungle a pas d'Indiens, il y a pas de guérilleros ni de paramilitaires qui puissent lui tenir compagnie, et personne veut que la jungle soit en colère.* C'est ainsi que le chef indien demande de l'aide. À sa manière, ou en faisant semblant que les indigènes n'ont pas d'autre façon de demander de l'aide, le commandant guérillero n'est pas sûr, mais ça n'a pas d'importance. Le contrôle des rivières dépend des indigènes, et il va donc consulter ses supérieurs en leur racontant la situation. En moins d'une heure, il a la réponse. On arrête immédiatement la circulation dans le bas Guaviare, le Guainía et l'Inírida. On ferme tous les commerces, on stocke la nourriture dans les campements et on accueille les commerçants et leurs familles. Ensuite, on attend, sans faire le moindre mouvement, jusqu'à ce qu'arrivent les ordres.

Ils veulent nous faire crever de faim ou nous faire retourner en arrière, ces salopards de guérilleros. Mais ils pissent à côté du trou s'ils croient qu'ils nous font peur. On a plus que de l'eau-de-vie et de l'eau, alors on va arriver au Dorado affamés, les gars. Un des jeunes hommes lève la main, et quand on lui donne la parole il se met debout et annonce que dans sa sacoche il a en réserve assez de cocaïne, reçue en guise de paye, pour les tenir éveillés tous pendant une semaine. Il l'a apportée comme monnaie d'échange. *En plus d'arriver soûls on va être défoncés, mon commandant.* Les éclats de rire les remplissent d'assurance.

Après une demi-journée de trajet, ils sont déjà soûls et en pleine violente montée de cocaïne.

Dans ce pays, il y a assez d'or, assez de pétrole et assez de coca pour tout le monde. Et de la nourriture. Plus qu'il en faut. Et dans le Pacifique, dans les Caraïbes et dans les Llanos, les enfants crèvent de faim. Les gens croient que ce que veulent les guérilleros, c'est enlever les riches de chaque ville et tuer les policiers, les gens croient que ce qu'ils veulent, c'est changer de gouvernement. Mais les guérilleros savent que jamais ils pourront prendre le pouvoir dans un pays qui les hait. Ce que veulent les guérilleros, c'est voler comme des salopards de voleurs. Et dans la guerre, il y a pas de place pour les voleurs communistes. Le seul espoir alors, c'est nous, les gars. Que chacun prenne autant d'or qu'il peut, tout le fric de la coca et de l'essence. Qu'il le partage ensuite avec sa famille, qu'il achète des terres et fasse travailler les paysans ou qu'il leur fasse ramasser la coca. C'est tout ce qu'il y a à faire. Le fric est là, il y a qu'à savoir le prendre.

Le batelier et les deux miliciens qui l'écoutent acquiescent, mais ils n'en croient pas un mot. Le plus âgé des soldats croit que les FARC veulent vraiment le pouvoir et qu'ils sont capables de le prendre. Le plus jeune pense que le commandant dit toutes ces conneries pour les encourager, les convaincre de l'importance de cette mission, et il pense aussi que ce qu'il obtient c'est le résultat inverse, minimiser l'importance d'une mission qui ne vise plus à changer le monde et ses injustices, mais à remplir d'or les poches de Carriazo.

Les seuls qui savent à l'avance l'arrivée des guérilleros sont les indigènes puinaves qui les ont appelés. Après, personne ne les voit plus. Ils descendent des camps de l'autre côté du río Guaviare, dans le Vichada, et prennent position tout le long de la rivière Inírida. Ils ordonnent de fermer les commerces, interdisent la pêche et la circulation. Mais personne ne les voit. Ils s'installent comme d'habitude à au moins cinq cents mètres de la rive et ils restent immobiles, juchés dans les arbres les plus hauts, comme des animaux, contrôlant tout mouvement, sans crier d'ordres, sans parler, sans fumer.

Ils restent ainsi, immobiles et silencieux, quand passent les trois canots des émissaires paramilitaires de Carriazo. Ils les laissent poursuivre leur route, en informent leurs supérieurs. La seule sortie à partir de Nabuquén, c'est ce même cours d'eau. Tout ce qu'ils doivent faire, c'est les laisser passer, consolider les positions sur la rive et attendre. Ce sera vingt paramilitaires contre plus de deux cents guérilleros. Le commandant local des FARC n'a pas demandé au commandement national de la guérilla s'il convenait d'essayer de s'approprier l'or trouvé, puisque la prise de la rivière n'est pas une question d'argent mais de principes. La rivière Inírida est aux FARC et à personne d'autre.

Carriazo a beau être propriétaire de la moitié du pays, la jungle de l'Orénoque est un territoire guérillero, et s'il faut tuer ses vingt émissaires pour que Carriazo le comprenne, eh bien, c'est ce qu'on fera.

La mainmise sur les rives de la rivière est impeccable, mais c'est grâce à la ruse que Carriazo a gagné toutes ses guerres. Il a un informateur parmi les Curripacos, un petit jeune qui aime les putes et la cocaïne. Carriazo lui offre toute la fiesta qu'il veut, une fois par mois, dans le port, et maintenant, en échange, il vient de recevoir l'information dont il a besoin. Le Curripaco a raconté à l'un de ses subordonnés que la guérilla a envoyé cinq groupes de quarante hommes pour tendre une embuscade à ceux qui remonteront la rivière pour faire demi-tour. Le commandant guérillero sait que les gars des canots sont des hommes de Carriazo, et il veut créer un précédent.

Carriazo comprend immédiatement que c'est l'opportunité qu'il attendait, la parfaite excuse pour taper du poing sur la table, pour faire comprendre très clairement aux communautés du bas Guaviare que maintenant le chef c'est lui. Assis sur une chaise en plastique à côté d'une piscine, seul, il donne les ordres. Il envoie sans attendre cinq autres canots à moteur, plus grands et plus rapides, chacun avec quinze hommes armés de mitraillettes et de lance-grenades. Il appelle le commandant de la base militaire de Villavicencio et lui dit qu'il a besoin de deux hélicoptères armés parce que la guérilla prépare un massacre à Puerto Inírida.

Le commandant lui demande une demi-heure. Quand il rappelle, il dit à Carriazo qu'à Bogotá son supérieur n'approuve pas l'envoi des hélicoptères, qu'aucun rapport de la marine ou de l'armée ne confirme la rumeur de la présence de la guérilla. Le ton de voix de Carriazo ne change pas, mais il détache bien toutes les syllabes. *Dites à votre fils et petit-fils de pute de général que lorsqu'il recevra les sacs en plastique pleins de petits soldats et de petits marins massacrés, il se souviendra de moi. Et lorsque la guérilla s'agitera dans le Vichada ou dans le sud de Meta et qu'il aura besoin d'aide, qu'il compte pas sur moi.*

La douleur disparaît et, une seconde avant de perdre conscience, Eva les voit fondre sur elle. Les vautours qui une seconde avant tournoyaient à un kilomètre d'altitude sont soudain une réalité de serres et de becs, de cous percutant comme des marteaux, de lambeaux de chair arrachés. Elle se débat mains et bras comme elle peut, jambes et pieds.

Elle se réveille.

Les vautours ne sont pas descendus.

La douleur désormais n'est presque plus sensible, malgré la blessure de la poitrine qui n'est pas tout à fait refermée et son corps qui est presque éteint. Elle voit les vautours et croit presque à l'existence d'un dieu quand elle lui demande (à ce moment, à cet après-midi au ciel rouge, à ce qui lui reste de force) : je vous en prie, par tout ce qui est sacré, faites que je sois déjà morte quand ils attaqueront.

10

Andrés tape à la porte d'Eva, et Abril ouvre. Andrés lui explique ce qu'elle sait déjà : il va couper l'herbe de la cour de derrière. Elle le laisse passer, mais ne cesse de le regarder pendant la demi-heure qui lui est nécessaire pour faire place nette. Ensuite, comme si elle avait dix ans de plus qu'elle en a en réalité, Abril lui offre une limonade et s'assoit avec lui à la table de la salle à manger. Elle lui demande s'il est à l'université, il lui répond qu'il est au lycée, elle lui demande s'il a des frères, il lui répond qu'il a deux sœurs, elle lui demande s'il a une copine, il lui répond que non ; elle lui demande pourquoi il vient si souvent à la maison, il lui répond que sa maman le paye pour faire des petits travaux ; elle lui demande s'il est amoureux de sa maman (elle dit « Eva », elle se sent grande), il lui répond non.

Alors, Abril lui raconte tout sur elle, sans pause, en commençant par le peu de souvenirs qui lui plaisent de Bogotá, en passant par les bêtes qu'elle a vues dans la jungle et en finissant avec l'après-midi précédent au cours duquel sont passés trois canots chargés d'hommes armés remontant la rivière. Andrés interprète la dernière image comme une stratégie pour qu'on la considère comme une grande, pour attirer son attention, et il fait semblant d'être très surpris et très intéressé. Elle, bien sûr, exagère : elle parle de grandes mitraillettes, de cravates impossibles, de lunettes noires.

Avant de sortir de la maison, sans l'avoir cherché, Andrés a posé les yeux sur le hamac d'Eva. Il le voit de loin, dans sa tête, mais il lui semble le voir de beaucoup plus près : les fibres, les franges en couleurs, et ensuite de nouveau de loin, au milieu de ce *galpón* soudain trop vaste. Une partie de son esprit imagine Eva sortant de la salle de bains, souriante, mais dans la réalité il s'est de nouveau retourné et, depuis le trottoir, regarde Abril, appuyée contre le cadre de la porte, pareille à une adulte, observant comment il se perd dans la lumière absolue du matin.

Eva est en train de fumer, même si elle ne fume jamais sans un verre. Eva fume dans la *curiara*, avec le batelier, tandis qu'elle regarde l'eau de la rivière et les rives, comme si parmi cette forêt tropicale se cachait quelque chose qu'elle ne voulait pas voir. Elle a très peu dormi la première nuit du voyage malgré le silence, la brise légère qui passait à travers la moustiquaire, malgré le hamac géant. Elle s'est levée en sueur, très tôt, comme s'il faisait chaud, mais ce n'était pas le cas, comme si elle avait de la fièvre, mais ce n'était pas le cas.

Et maintenant elle fixe l'eau de la rivière, sans appétit, fumant cigarette après cigarette, sans savoir pourquoi. Ce n'est pas le batelier avec qui elle avait quitté Puerto Inírida. Le premier a commencé à vomir une demi-heure après le départ et au bout d'une heure et demie il était brûlant de fièvre et n'avait plus rien à vomir, ne parvenait pas à tenir debout même sur la terre ferme, et Eva avait réussi à convaincre un Curripaco de reconduire la *curiara* au port, où elle avait payé de sa poche l'un des mécaniciens des canots pour qu'il remonte la rivière avec elle. Et maintenant elle est là, le dos sans force, le cou fatigué, se demandant si le batelier n'avait pas un virus, si elle aussi va se mettre à vomir et devrait annuler son voyage.

Il fait presque nuit quand elle la voit et pour un instant elle se croit en plein cauchemar : une vache, entraînée par le courant, gonflée par la putréfaction, flottant vers l'aval de la rivière. Dans la jungle, plus haut, il n'y a pas de pâturages, ni de vaches, ni de ports qui transportent du bétail, mais elle est là, avec ses pattes raides vers le haut et les yeux très ouverts, cette vache morte, aussi présente qu'une prémonition.

Presque à la tombée de la nuit, ils abordent un quai sans nom. Les seules choses qui s'y trouvent sont un sentier illégal, aménagé pour sortir la cocaïne, et une montagne de poissons séchés plus grande que la cabane où vit la famille qui veille sur elle. Pendant que le batelier dort, Eva parle à la femme, qui lui dit la même chose que ce qu'on lui a déjà dit trois fois à Puerto Inírida. Qu'on a trouvé beaucoup d'or dans une courbe de la rivière, près de Nabuquén, qu'il y en a tellement que les hommes armés vont bientôt arriver pour s'emparer de l'endroit par la force. Eva pense que c'est exagéré, qu'il n'y a pas d'or qui vaille une invasion du territoire des FARC, une guerre à grande échelle.

Elle peut enfin bien dormir et passe le lendemain à écouter les histoires du batelier. Il n'avait que cinq ans lorsque les premiers chrétiens protestants sont arrivés dans sa communauté. Il raconte comment il est devenu alcoolique dès le premier verre, comment il a fini comme cueilleur de feuilles de coca dans les Llanos. Et tout le reste. Les paramilitaires et les guérilleros qui volent, qui violent, qui tuent. Des massacres, des incendies. La dernière heure de traversée avant qu'ils ne s'arrêtent, ils restent silencieux, et Eva se demande comment ce jeune homme si doux et si fragile a pu survivre à tout cela et se battre, travailler, profiter des miettes que la vie lui jette.

Lorsqu'ils atteignent les *raudales* du bassin intermédiaire, les Indiens censés les aider en amont ne sont pas là. Soit ils ont entendu les rumeurs et sont effrayés, soit eux aussi ont été victimes de la famine et parcourent la jungle à la recherche de nourriture. Sans aide, ils tentent de mettre la *curiara* à sec par leurs propres moyens, en la tirant avec une corde. Ils passent six heures à tirer et n'arrivent à rien, ils finissent épuisés et sont contraints de dormir au bord de la rivière, en accrochant leurs hamacs aux arbres. Ils se réveillent très tôt et il n'y a plus de provisions, elles ont été volées par un jaguar, un singe ou un homme.

El Gordo Ochoa dort quand son chef l'appelle de Villavicencio. Il est neuf heures du matin et il a la gueule de bois. Il a passé un bon moment à boire avec deux de ses clients, au Caney, à voir les jeunes danser et à constater avec étonnement combien Eva lui manque. Il se met debout, s'efforce d'avoir la voix d'un type bien réveillé. Son chef ne salue pas.

Sous votre nez. Sous votre putain de nez, espèce de gros connard. Dans une de vos dragues il y a de l'or, vraiment de l'or, et vous, vous restez assis sur votre cul. Assis sur votre gros cul. Et venez pas me raconter qu'il y a pas d'or parce que vous savez qu'il y a de l'or. Beaucoup d'or. Il y a trois options, espèce de taré : ou vous travaillez pour les guérilleros ; ou vous travaillez pour Carriazo ; ou vous êtes un pauvre connard qui croit qu'il peut se débrouiller seul. Me répondez pas, dites rien parce que sinon je vais regretter le cadeau que je vais vous faire, espèce de grosse pédale. Vous avez un jour. Vingt-quatre heures et c'est parce que j'ai expliqué aux chefs que vous avez toujours été un bon travailleur et que vous avez jamais volé un gramme ni un peso. Vous avez un jour pour foutre le camp du port. Si au bout de vingt-quatre heures vous êtes toujours à Puerto Inírida, vous êtes une cible militaire.

Eva se réveille, deuxième jour qu'ils sont coincés à côté des rapides. Dans le hamac tendu presque au niveau du plancher, dans la *curiara*. Le batelier dort encore, les bras croisés appuyés contre la surface inclinée de la proue. Elle s'assoit, pose les pieds au sol et elle le voit. Un singe, très petit, les pattes agrippant le rebord en bois, une main appuyée sur la manette de commande du moteur. Il est en train de grignoter quelque chose qui ressemble à une graine et il incline la tête sur le côté quand il la voit. Il a surgi du néant, il a dû sauter d'une branche ou nager. (Est-ce que les singes nagent ? Est-ce qu'ils sautent depuis les branches ? Qu'est-ce qu'il était en train de manger ? La présence d'un être humain qui se met debout suscite-t-elle vraiment de la curiosité ? Cette inclinaison de la tête est-elle préalable à une attaque ?)

Eva réussit à ramer jusqu'à la rive et attend que le singe descende de son propre gré. Le batelier ouvre les yeux au moment où le singe quitte le canot et il ne dit rien, il ne sourit pas, il ne fait que se relever et se préparer à faire son travail. Alors, Eva comprend avec clarté ce qu'elle sait depuis le début : elle ne fait pas partie de la jungle. Non seulement elle n'en fait pas partie, mais elle en ignore tout. Quand elle dit « la jungle », elle parle en réalité d'une *curiara* à moteur se déplaçant sur une rivière.

Elle a peur de cette obscurité profonde dans laquelle les indigènes se meuvent naturellement, et même si un jour elle arrivait à ne plus avoir peur, si elle était capable d'y pénétrer, elle ne comprendrait toujours rien. Elle ne sait pas comment s'appellent les arbres, ni à quoi peuvent servir leurs feuilles et leurs écorces, quels reptiles sont venimeux et lesquels ne le sont pas, quels mammifères ni quels insectes on peut manger. Elle est, même si elle a tenté avec beaucoup de détermination de ne pas l'être, un être humain de la ville. Dans son corps ne reste plus aucun vestige de cet ancêtre qui, il y a des centaines de milliers d'années, marchait dans les forêts en se croyant une bête parmi les autres.

Quand les rapides ont finalement été dépassés, et tandis que la *curiara* s'approche de la première communauté puinave de la rivière moyenne, deux jeunes hommes sortent sur le quai, armés de fusils. Ils n'ouvrent pas la bouche, ils leur font seulement signe de s'éloigner. La même scène se répète dans les trois communautés suivantes.

Ils arrivent à la quatrième communauté alors que la nuit commence à tomber. Elle est occupée par un groupe de FARC. Les guérilleros les laissent rester, mais Eva ne dort pas : elle a peur que l'un d'eux la viole. La guérillera qui leur sert du poisson séché et de la *yucuta* à boire au petit-déjeuner a l'air d'avoir moins de quatorze ans. Eva saisit l'opportunité quand la fille s'approche avec du café noir. À voix très basse, elle lui dit qu'elle doit les aider. Ils n'ont rien à voir avec la guerre, lui explique-t-elle.

Le canot à moteur est plein de rations de solution physiologique et de nourriture pour les Indiens isolés par les inondations dans le bassin supérieur. La guérillera lui répond, elle aussi discrètement.

Les communautés puinaves du bas Inírida ont demandé de l'aide et c'est pour ça qu'ils sont ici. Pour aider. Parce que l'or appartient au peuple et est pour le peuple. Quand elle finit de parler, la guérillera lui tourne le dos et s'en va. À la grande surprise d'Eva, quand ils ont fini de déjeuner, le commandant du groupe sort d'une des maisons et leur donne l'ordre de partir, mais n'exige pas qu'ils retournent d'où ils viennent. Ils vont les laisser passer, à condition qu'ils ne s'approchent à aucun moment de la rive. Une fois sur l'eau, Eva fait au revoir de la main, mais personne ne lui répond.

Pendant une demi-heure ils gardent le silence. Quand ils remontent le cinquième méandre, ils comprennent pourquoi le commandant les a laissés continuer. Un rapide beaucoup plus important que le précédent fend les eaux calmes de la rivière et les agite. Vingt ou trente mètres de rochers en pente. Le commandant et ses hommes sont certainement en train de ranger le campement et d'attendre leur retour pour se foutre d'eux. Plutôt que de s'avouer battue, convaincue qu'il n'y a qu'une heure de marche entre sa *curiara* et les Indiens qu'elle est partie aider, Eva dit au batelier qu'au lieu de retourner au campement, ils devraient se diriger vers l'ouest en descendant un bras de rivière qui figure sur la carte sous le nom de Tonina. Le batelier refuse. Le rapide les a vaincus, il ne s'enfoncera pas dans les marécages. Il va se laisser entraîner par le courant, en aval, et ne s'arrêtera pas avant d'avoir atteint Puerto Inírida.

Eva insiste. Elle lui montre la carte, comme si elle connaissait la jungle mieux que lui : il est possible de retourner à Puerto Inírida après le rapide en naviguant à travers les petits cours d'eau et les lagunes. Le passeur refuse à nouveau. Eva lui dit que, sans le complément alimentaire, les enfants ne resteront pas en vie plus d'une semaine. Le batelier maudit sa chance, maudit Eva, maudit ce maudit gouvernement qui laisse les enfants crever de faim et qui l'oblige maintenant à risquer sa vie, et part à toute allure, cherchant l'embouchure du cours d'eau.

Il est en crue, et la cime des arbres frôle la surface rougeâtre, épaisse de boue et de feuilles mortes. Ils avancent très lentement, coupant le moteur par intermittence et pagayant pour que les pales ne s'emmêlent pas dans les broussailles. Du faîte des plus grands arbres, des singes presque jaunes, aux grands crocs, leur balancent des fruits pourris. Ils doivent passer très près d'un boa qui pend d'une branche morte. Il n'y a pas de brise, et la chaleur semble capable de les étouffer dans cette humidité suspendue. Au cours de la dernière heure, un bruit suraigu se fait entendre. C'est comme si toutes les cigales s'étaient rassemblées, se trouvaient là, tout à côté d'eux, les suivaient, se cachaient dans les branches, pour les rendre fous.

Ils dorment enveloppés dans la moustiquaire, sur le fond de la *curiara*. Lorsqu'ils se réveillent, le canot est toujours attaché à la même branche morte, mais une odeur de pourriture fait vomir à Eva le peu de nourriture qu'elle a avalé la veille. Le batelier a l'air ivre quand il dit, le visage couvert de sueur, qu'il n'y a plus d'issue. Qu'il a perdu la route, que la seule option qu'il leur reste c'est de trouver le chemin de retour à travers les marécages. L'eau a atteint un tel niveau qu'elle a noyé les bêtes des bras de la rivière, et finira par les noyer eux aussi s'ils ne parviennent pas à sortir de là avant la tombée de la nuit.

Eva appelle la ville par radiotéléphone. Elle réussit à parler avec Andrade. Elle lui demande comment va Abril. Elle lui dit qu'elle est coincée dans les marécages de Macuy, qu'ils ont perdu la trace de l'entrée et que le batelier ne sait pas où ils sont. La communication est coupée. Elle insiste. Elle mentionne la guérilla, elle parle de l'or qu'il y a en amont de la rivière. Andrade ne peut pas l'entendre. Elle l'appelle de nouveau. Elle lui répète : ils ont vu des guérilleros, en amont de la rivière il y a bien de l'or. La communication est coupée une troisième fois. Elle lui demande d'aller voir le commandant de la marine et de lui expliquer ce qui est en train de se passer. De l'autre côté de la ligne, le silence. Et elle ne sait pas si la communication a été coupée une fois de plus ou si c'est la façon qu'a Andrade de lui signifier que rien ne pourra plus éviter ce qui est en marche.

Elle passe quinze minutes à essayer de reprendre contact. C'est l'autre infirmière qui lui répond. Eva lui demande où est Andrade, elle n'entend pas la réponse. Elle demande des nouvelles d'Abril et l'infirmière dit qu'elle est contente, comme d'habitude, qu'elle s'est déguisée dans le jardin d'enfants, qu'elle mange de la mangue toute la journée, qu'elle refuse de manger des glaces parce qu'elle ne veut les manger qu'avec sa maman. Eva se met à pleurer comme elle ne l'a plus fait depuis qu'elle était petite fille. Elle ne sait pas pourquoi elle pleure. Si c'est pour sa fille abandonnée, à cause de la distance, de la possibilité de ne pas sortir vivante des marécages, ou à cause de ce monde dans lequel les faibles payent toujours.

La communication devient à nouveau difficile, et elle ne parvient pas à dire à l'autre infirmière d'aller voir Ochoa, de lui raconter ce qui se passe, de lui demander de l'argent pour pourvoir aux besoins d'Abril avant qu'elle ne revienne. Elle fait une pause et explique : *Je vais tarder au moins deux jours de plus*. Mais avant qu'elle finisse la phrase, l'appel est coupé, une fois de plus.

À l'orée du deuxième jour, alors qu'ils n'attendent plus rien, résignés désormais à pourrir dans ce marécage, ils aperçoivent la rivière entre les buissons. Le batelier accélère et, une fois dans les eaux limpides de l'Inírida, il dessine un grand arc de cercle, comme pour fêter ça. Quand il met le canot dans le fil du courant, il les voit. Deux canots à deux moteurs, amarrés aux plates-formes des dragues. Le batelier esquisse un demi-tour, mais transperçant la cime d'un arbre, dans son dos, apparaît un troisième canot, qui s'approche lentement.

Un homme très maigre leur ordonne de couper le moteur. Un autre homme lance une corde au batelier pour rapprocher la *curiara*. Lorsque les embarcations se touchent, l'homme fait tomber le batelier d'un croche-pied, le maintient de force, un bras replié derrière le dos. Le premier homme s'approche et, sans un mot, lui tire une balle dans la nuque. Puis ils le balancent à l'eau.

Eva est une otage tombée du ciel, ils sont déjà en train de la faire monter dans le canot quand elle réussit à se libérer de celui qui la tient et saute dans la *curiara* en emportant la corde. Elle dérive et le courant l'entraîne en aval. Le paramilitaire qui l'a laissée s'échapper lui tire dessus, un seul coup de fusil. Eva tombe au fond de la *curiara* et évite ainsi un deuxième tir. Les rapides de l'Inírida paraissent engloutir l'embarcation tandis qu'ils la lancent à toute vitesse, hors de contrôle, en aval de la rivière.

Elle sait que si elle ferme les yeux, elle risque ne pas pouvoir les rouvrir, mais elle les ferme. Elle imagine que le crépuscule de ses paupières la suit dans la réalité, elle sourit, et se met à pleurer. Les pleurs, tremblants, désespérés, paraissent capables de la laver, d'entraîner les peurs pour les noyer dans cette flaque tiède qui recouvre la moitié de son corps, mélange d'eau sale et de sang. Quand elle revient à elle, plusieurs heures ont passé. Elle le sait à l'obscurité totale, sans lune, et au froid humide de la fin de nuit qui pénètre en elle à travers sa peau. Elle se demande si pendant la nuit les vautours continuent là-haut à tournoyer, à suivre le trajet de la curiara *qui descend la rivière. Elle se dit que non. Que les vautours, comme les gens, se reposent pendant la nuit. Que lorsque le soleil se lèvera, si elle n'est pas morte avant, alors elle les verra de nouveau, décrivant des cercles contre le ciel, comme dansant, attendant le moment de fondre sur sa chair.*

11

Le Dr Andrade vient de finir son quart et, comme la fin de semaine précédente, et la précédente encore, comme tous ces derniers mois, il s'achemine vers sa maison, se douche, se prépare comme pour une fête, et toujours à pied, sans transpirer, il arrive au bordel de La Madrina, où déjà Ana l'attend. Elle a passé la matinée à laver du linge, à faire la vaisselle, à jouer aux cartes avec La Madrina et, enfin, assise dans le rocking-chair, à attendre son rendez-vous. Andrade a peur. Une peur si grande qu'il refuse de l'affronter parce qu'il sait que, s'il l'apercevait clairement, il perdrait le sang-froid dont le dispensaire a besoin pour continuer à fonctionner, pour que lui, le docteur, continue à être une autorité, apte à s'occuper des êtres malades et à conseiller les êtres sains.

Le Dr Andrade a entendu la voix d'Eva au radiotéléphone, perdue dans les marécages du Macuy, et ça l'a laissé comme ça, comme anesthésié. Habitué à être l'unique intermédiaire entre la vie et la mort, à décider en une seconde de quelle maladie il s'agit, à opter pour l'intubation ou pas, pour l'amputation ou pas, à décider de sauver ou de perdre tout espoir, rien dans son expérience de médecin-chef ne l'a préparé à cette voix. Quelque chose dans l'intonation a provoqué, dans une profondeur que lui-même ignorait posséder, une panique, comme si une plante maléfique enfonçait ses racines dans ses entrailles, comme une maladie qui commence. Une peur amère, presque palpable, capable de croître jusqu'à le dévorer de l'intérieur.

Ce que fait Andrade, sachant d'avance qu'il sera perdant, c'est la nier. L'existence de la peur. L'ignorer. Et la meilleure manière de l'ignorer est la suivante : en laissant passer le moins de temps possible entre le moment où il quitte le dispensaire et le moment où il commence à boire avec Ana. C'est ce qu'il fait aussi cette avant-dernière nuit de panique, jusqu'à ce qu'il se sente suffisamment ivre pour se blottir dans les bras de cette jeune femme qui semble capable de lui faire oublier tout. Dans son lit, recouverts tous deux par la moustiquaire, Andrade, recroquevillé comme un fœtus, aimerait avoir un deuxième drap de lit et une couverture et des rideaux parfaits ou des fenêtres bien obturées pour qu'aucune trace de lumière n'entre dans la chambre.

Eva se trouve à trois jours de distance en canot, flottant dans un marais, cernée par la jungle. Pendant les courts instants de lucidité que ses sens engourdis par la boisson et l'odeur et la chaleur et les paroles tendres d'Ana lui permettent, Andrade imagine la *curiara* dans laquelle Eva est avec le batelier, comme s'il pouvait la voir d'en haut, du ciel, et ce qu'il voit, c'est une géométrie dans laquelle les canots paramilitaires et les groupes de guérilleros et des animaux dangereux et les coulées de boue et les rapides et les remous essaient de croiser le sillage très fin que laisse derrière elle cette petite embarcation, un sillage qui parfois s'interrompt. En choisissant de les imaginer au lieu d'agir, la seule chose qu'il réussit à faire, c'est de perdre un temps absolument précieux, le temps qu'il reste à un corps qui palpite encore, là-bas, si loin de tout.

Il n'y a alors pas d'autre solution que l'eau-de-vie et la bière et la poitrine d'Ana, son étreinte qui l'enveloppe comme si c'était vraiment un nouveau-né : il n'y a rien d'autre que ce repaire qui ne peut pas le garder pour toujours, qui ne peut pas le protéger de la lumière et de la peur, mais qui peut lui accorder un peu de temps, le protéger des excès de l'imagination, lui faire croire au meilleur des mensonges, celui du calme au cœur de l'horreur. Et entre un verre d'eau-de-vie et le suivant, entre une étreinte et une caresse d'Ana, il y a toujours, pareille à un baume, la présence maternelle et forte de La Madrina, qui le nourrit, le plaint, mais le considère aussi, comme s'il lui inspirait confiance, comme si elle savait avant tout le monde qu'il serait capable de vaincre la peur.

Ana, au cours de ces jours qui semblent si solides et ne sont qu'une sorte de lâcheté, est son grand amour : la femme qui est venue le sauver d'une solitude et d'une tristesse bien antérieures à la jungle (venue des jours lointains, avant qu'il ne connaisse l'intensité de la vie, avant qu'il ne sache que la mort montre son sale mufle avec plus de succès lorsqu'elle s'attaque aux faiblesses de l'âme plutôt qu'à celles du corps). Il se dit alors qu'elle l'aide à renaître, qu'elle le remplit à nouveau de vie, pourtant dans son lit il refuse d'être ce qu'il est vraiment, pourtant il tourne le dos aux actions héroïques qu'exige la géométrie lointaine d'Eva perdue dans sa minuscule embarcation dans le marais.

Lors de la troisième nuit passée avec Ana, allongés sous la moustiquaire, elle endormie et lui à moitié ivre, se forçant à penser à ses malades et à un avenir sans eux, il entend un bruit sourd au-dessus de sa tête et simultanément la moustiquaire se tend et quelque chose rebondit. C'est un morceau de plafond, pense-t-il, mais quand il se redresse et regarde de plus près, ce qu'il voit, c'est un crapaud, éclairé par la faible lumière projetée à travers les rideaux par les ampoules de la cour. Un crapaud mort, invraisemblable, un gros crapaud noir qui n'a pas pu grimper jusqu'aux poutres du plafond, un crapaud comme sorti d'un cauchemar, qui ensuite, plus tard, y retournera, quand le docteur réussira enfin à dormir quelques heures, trempé de sueur, avant de sortir dans la lumière de l'aube.

Il se réveille plein d'énergie malgré le peu de sommeil, le cauchemar, le crapaud mort, il se réveille comme s'il avait enfin un peu de clairvoyance, et il sait qu'il doit quitter le bordel, prendre une douche et parcourir la ville en exerçant son autorité, en essayant de faire bouger l'obstination de la matière (et bouger de la matière chez ces hommes les plus lourds : les politiciens, les bureaucrates, les parasites de l'État). Et qu'il doit le faire maintenant, tout de suite, sans perdre davantage de ces minutes au cours desquelles la minuscule embarcation d'Eva est si lente et les canots des maîtres de la guerre, si rapides.

La seule chose qu'il a faite au cours de ce week-end de fuite et de réclusion a été d'appeler un conseiller et le secrétaire du bureau du gouverneur, pour demander s'il était possible d'entrer en contact d'une manière ou d'une autre avec le batelier et Eva, de leur envoyer une *curiara* ou de demander à un ancien des communautés voisines de les chercher et de les sauver. Il l'a fait désabusé, sur un ton désabusé parce que, les réponses, il les connaît d'avance, parce qu'il sait que c'est impossible, que personne ne lèvera le petit doigt pour cette infirmière que l'on tient pour folle ou suicidaire.

Maintenant, par contre, il ne sait plus très bien pourquoi, parce que le même destin a fait apparaître un crapaud mort, chu comme du ciel sur son lit, il passe par le dispensaire et laisse tout entre les mains de l'infirmière, marche très vite dans les rues de sable, dans celles en ciment, sans transpirer, mais il sent qu'il pourra remuer ciel et terre, seul, jusqu'à ce qu'il la sauve. Son itinéraire passera par la maison du maire, qui est probablement en train de prendre son petit-déjeuner et vient de se doucher ; par le bureau du gouverneur ; par le bureau du médiateur municipal ; et par le poste de la marine, si nécessaire. Non seulement il veut le faire, mais encore il le peut ; et plus sa réaction paraîtra disproportionnée, mieux ce sera, étant donné que c'est lui qui est responsable de la santé des citoyens.

Les paramilitaires arrivent enfin à la courbe de l'or. Comme ils s'y attendaient, ils aperçoivent une vieille drague en activité. Sur la drague, trois travailleurs sont assis, ils déjeunent de poisson séché et de manioc bouilli, les pieds plongés dans l'eau froide. Ces travailleurs les regardent avec perplexité, sans bouger. Lorsqu'ils accostent, le commandant donne l'ordre d'attacher les mineurs aux traverses de la drague, de prendre dans la cabane restée ouverte tout le poisson séché et le manioc qu'ils peuvent porter sur leurs épaules, et d'installer le camp à au moins cinq cents mètres de la rive, là où personne qui passe par la rivière ne pourra les voir. Son garde du corps dit qu'il reste avec lui, mais le commandant lui ordonne de partir avec les autres.

Ce qu'il veut, c'est interroger les travailleurs sans être perturbé, seul, concentré. Il gesticule, leur crie dans les oreilles, leur donne des coups de poing dans les pommettes et sur la nuque, il fiche un coup de pied dans l'estomac du plus costaud. Puis il sort un pistolet et lui tire une balle dans le pied. Ils ne lui disent pas ce qu'il veut entendre, ils lui disent ce qu'ils savent : que la drague remonte la même quantité d'or que d'habitude. Que personne n'est venu la réclamer parce qu'il n'y a pas plus d'or que d'habitude. Lorsqu'il comprend qu'il n'y a vraiment rien de rien, le commandant sort un couteau d'assaut et les égorge. Il s'enfonce dans la jungle en suivant le chemin que ses hommes ont ouvert à coups de machette, laissant les travailleurs là, assis, tête pendante, en train de se vider de leur sang.

Il mange avec ses hommes, ils boivent, ils fument. Il dort très bien dans son hamac. Lorsque le soleil se lève, il donne l'ordre de nettoyer le sang coagulé sur la plate-forme de dragage, de bander le cou des cadavres, de laver leurs chemises et de les rhabiller. Puis il aide lui-même à les asseoir sur les chaises en plastique de la plate-forme, le visage tourné vers une petite table en bois sur laquelle sont posés des gobelets en plastique, comme s'ils étaient vivants et qu'ils parlaient. Il ne dit pas à ses hommes qu'il n'y a pas d'or. Il leur dit plutôt que les guérilleros sont très proches et qu'il n'y a rien d'autre à faire que de cacher les bateaux dans les broussailles et d'attendre dans le campement.

Lorsqu'on entend les premières rafales de mitraillette, personne ne sait d'où elles viennent, alors, les paramilitaires ouvrent le feu en direction de la rivière. Les trois plus jeunes recrues rampent vers la rive, parcourent ce demi-kilomètre comme des chats, comme s'ils étaient vraiment entraînés à le faire, et dès que leurs têtes de chat se relèvent pour voir la rive opposée, ils reçoivent une rafale de mitrailleuse qui ne vient pas de l'autre côté de la rivière mais des arbres qui ombragent la drague. Soit les guérilleros sont restés là comme des vampires toute la nuit, soit, plus impressionnant encore, ils sont arrivés au cours des dernières heures et personne ne les a vus ou entendus.

Les trois paramilitaires n'ont pas le temps de se poser la question, car non seulement on les mitraille depuis les cimes des arbres, mais en plus on continue à leur tirer dessus au rythme de trois balles par seconde, jusqu'à ce qu'il ne reste plus grand-chose de leurs corps. Le commandant ne les voit pas, mais il entend les tirs et ne reconnaît pas les mitraillettes à canon scié que ses hommes ont prises, seulement les kalachnikovs des guérilleros. Pendant qu'il est en train de constituer deux groupes pour descendre des deux côtés du sentier vers la rive, une grenade tombe de quelque part, très près de sa jambe.

Son garde du corps court, l'attrape pour la relancer dans la forêt, mais il a mal calculé son coup et l'explosion lui arrache le bras et lui détruit le visage. Le commandant lui assène le coup de grâce. Puis il crie, gesticule, parvient à séparer les survivants en deux colonnes qui se dirigent vers la plate-forme. Ils marchent pendant un quart d'heure, accroupis, le plus silencieusement possible. Il marche devant l'une des colonnes, celle du haut de la rivière, son combattant le plus expérimenté est à la tête de l'autre. Son groupe arrive le premier. D'un geste de la main, il fait allonger ses hommes dans la boue et entrer dans l'eau sans la remuer, sans faire de bruit, comme s'il s'agissait de crocodiles.

Ils se laissent porter par le courant et parviennent ainsi à atteindre l'un des canots et à se cacher derrière lui. De la main gauche le commandant saisit fermement la barre transversale sur laquelle reposent les deux moteurs, de la main droite il lève la mitraillette et tire une rafale sur l'arbre le plus haut. Comme une pluie de fruits très lourds, les corps de trois guérilleros tombent tout à côté de la rive. Les survivants répondent bien sûr par de nombreux tirs, mais à ce moment-là le commandant a déjà aspiré autant d'air que possible dans ses poumons, a plongé et s'est laissé emporter avec les autres par le courant jusqu'aux rochers où les attend l'autre colonne.

Le commandant, à voix très basse, donne alors l'ordre aux hommes de la seconde colonne de se plonger dans l'eau comme son groupe l'a fait, puis de les suivre, en aval. Ce sera lui qui indiquera à quel moment ils pourront s'approcher de la rive. Ce qu'il fait dix minutes plus tard. Ils sont alors un kilomètre plus bas, dans un méandre de la rivière dont la rive pentue leur permet de voir un pan de jungle déboisée derrière un hameau abandonné. Il leur commande d'enlever leurs vêtements, de les accrocher, de s'enduire le corps de graisse de *pilule* pour éviter les piqûres des moustiques, de s'éloigner d'une centaine de mètres de la rive et d'attendre. Lui reste au bord du terrain en pente, fixe l'eau, et de là il appelle Carriazo avec le radiotéléphone.

Son patron lui dit exactement ce qu'il veut entendre. Cinq canots plus grands et plus puissants que les siens remontent la rivière et tuent les guérilleros sur leur passage. Et, simultanément, des troupes paramilitaires bien organisées s'approchent par le département de Vichada pour s'emparer des hameaux et des mines plus petites. Les canots vont mettre un jour à arriver pour les sauver, mais il est possible qu'avant ça deux hélicoptères débarquent. Il leur souhaite bonne chance. Il donne du « fils » au commandant. *Fils, vous savez que si vous vous tirez de là, vous aurez ce que vous voudrez. Ce que vous voudrez, fils. Vous avez risqué votre peau pour l'organisation et ça je ne vais pas l'oublier, fils.*

Le patron souhaite lui donner des forces, mais il ne parvient qu'à l'inquiéter. Jamais il n'a entendu Carriazo aussi nerveux, lui parlant comme on s'adresse à un condamné à mort. Quand leur conversation est finie, le commandant s'allonge et pose la tête sur le sac à dos de la radio pour voir les nuages très hauts que le vent entraîne. Il fait un pari avec lui-même : si les vautours arrivent avant qu'il ait compté jusqu'à cent, le premier poisson qu'on retirera de la rivière sera pour lui.

Abril arrive toute seule au bureau du Dr Andrade. Elle ne frappe pas à la porte. Elle entre, s'arrête devant le médecin, met ses mains sur les hanches, et après un très long silence, les sourcils froncés et le cou très tendu, elle lui dit ce qu'elle sait : on va tuer sa maman, et si lui ne va pas la sauver, elle-même va piloter un avion jusqu'où elle est, où qu'elle soit. Ça n'a servi à rien, ce que les adultes lui ont répété : qu'El Gordo Ochoa est parti se balader, que sa maman est très heureuse de travailler avec les indigènes, que les types qu'elle avait vus dans les canots étaient des touristes venus de la ville.

Abril a associé les mots qu'elle a entendu dire aux enfants de l'école avec ceux des voisins. Sa maman est au milieu d'une zone où la guérilla et les paramilitaires se tirent dessus, et elle ne va pas les laisser la tuer. Même si le médecin s'est accroupi et tente le plus rassurant de ses sourires, la serre contre lui, elle se tient toute raide, les mains sur les hanches, déterminée, jusqu'à ce qu'elle soit certaine qu'il comprenne qu'elle parle sérieusement.

Andrade n'a pas d'autre possibilité que se mettre debout et lui expliquer, comme s'il parlait avec une adulte. Qu'il est déjà en train de faire pression et qu'il continuera jusqu'à ce quelqu'un cède. Il ne lui dit pas qu'il y a eu un contact et que cette communication a été interrompue, ni que cette communication est définitivement rompue. Et surtout il ne dit pas que toutes les personnes avec lesquelles il a parlé pour sauver Eva l'ont envoyé chier parce que la situation est grave : on dit que la guérilla rassemble des hommes non loin de la ville, beaucoup d'hommes, on ne sait pas si la stratégie est de menacer ou de prévenir l'arrivée de paramilitaires, mais en tout cas les politiciens et les bureaucrates n'ont pas le temps de s'inquiéter pour une petite dame de la ville qui a décidé de se promener dans la jungle.

On va la ramener, je te le promets, dit-il à Abril, et il sent un vide froid s'installer dans sa poitrine quand il finit de le dire.

Vue de loin, la stratégie des guérilleros semble à la fois trop ambitieuse et trop passive, mais ils ne font pas fausse route. Ils connaissent bien la rivière et les hommes qui y vivent. Avec l'aide volontaire ou contrainte des indigènes et des colons des commerces, il sera facile de tout contrôler. Et quand Carriazo aura envoyé tous les hommes et les canots à moteur qu'il aura cru nécessaires, on fermera la rivière avec des combattants sur chacune des deux rives, sur ses parties basse, moyenne et haute. Une centaine d'hommes seront indispensables et il y en a déjà deux cents en chemin depuis le Vichada.

Quand les derniers canots à moteur des paramilitaires passent, le commandant du Front Sud des FARC donne l'ordre de fermer la rivière très près de Puerto Inírida avec cinq *curiaras* et quarante hommes cachés dans la jungle. Ils ont des kalachnikovs, mais aussi des lance-grenades et deux bazookas. Deux autres barrages du même genre, dans des zones plus en amont de la rivière, garantissent la victoire, d'après le commandant, et c'est ce qu'il fait savoir par radiotéléphone au Commandement central, réuni quelque part dans la cordillère Occidentale.

Au bout d'une journée, les combattants du bassin du río Negro se sont unis aux nouveaux, arrivés des Llanos, et ensemble, en ordre parfait, ils ont suivi les directives : ils contrôlent la rivière et attendent que Carriazo joue le prochain coup. C'est alors que le commandant du Front Sud commet une erreur. Impressionné, certainement, par la discipline et l'efficacité de ses hommes, il décide de prendre aussi Puerto Inírida, plaque tournante du trafic de la cocaïne et de l'entrée des armes depuis le Venezuela. Si tout se déroule comme prévu, à la fin de l'opération, les troupes victorieuses arriveront, festoieront, et rappelleront à la population qui commande dans les affluents du río Guaviare et de l'Orénoque. Et si les informations nationales montrent les rues pleines de guérilleros et la fête sur le terrain de football organisée par les FARC, encore mieux.

C'est la première erreur. L'arrogance de se croire invincible. La deuxième erreur est de croire que ses supérieurs devaient apprendre la prise de la ville par les informations de la radio et de la télévision, croire que ça les rendrait heureux, comme si la prise de la ville était une sorte de cadeau à ses parents en armes. En trois heures, le commandant organise et exécute la prise du port. Sur deux barges destinées à transporter du bois et des sacs de nourriture arrivent cent guérilleros. Quinze autres, en civil, ont déjà parlé avec le commandant du poste de police, avec le colonel qui dirige le minuscule bataillon de l'armée, et avec un marin. Ils les ont avertis que cinq colonnes mobiles arriveront l'après-midi même et que, pour le bien de tous, il n'y aura pas de combats.

Les policiers, armés de revolvers qui datent des années 1950, acceptent immédiatement. Le colonel de l'armée dit qu'il faudra passer sur son cadavre pour que les communistes s'emparent de son port, et donc c'est dans son propre bureau qu'ils le bâillonnent, le font sortir en tenant en respect les deux jeunes soldats qui surveillent la porte, le font monter dans un camion et le conduisent dans un terrain vague à trois kilomètres du bataillon, où ils l'exécutent et se débarrassent du corps dans un des affluents. Avec son remplaçant, les négociations durent cinq minutes. Les marins ne les laissent même pas finir de balancer leur diatribe, pleine de « peuple », d'« oligarchie » et de « patrie ». Ils disent oui, faites ce que vous voulez. Ce sont douze marins mal équipés, mal armés, mal nourris, dormant dans des cabanes humides aux toits de tôle. Ils en ont marre du gouvernement qui les a abandonnés dans cette ville du trou du cul du monde. Marre des militaires et des policiers, qui ne leur adressent même pas la parole, et marre surtout d'être si loin de la mer, ce qu'ils aiment vraiment et ce pour quoi ils sont devenus marins.

La prise est donc un succès absolu. Les guérilleros débarquent au port en uniforme complet et remontent la rue principale le sourire aux lèvres, en chantant des chansons communistes et en exhibant leurs armes étincelantes. Pas un coup de feu n'est tiré. Les troupes campent dans l'école et les commandants occupent le bâtiment de la mairie. Les habitants de la ville eux-mêmes ou leurs parents ou leurs grands-parents en ont été victimes dans d'autres régions du pays, et donc ils les craignent ou les détestent, mais dans son délire, le commandant ne comprend pas pourquoi ils n'ont pas été accueillis par des applaudissements, par des vivats. Les policiers, les soldats et les marins ont été désarmés et enfermés dans leurs propres cachots. Les magasins du village sont remplis de guérilleros affamés, désireux de boire une bière après des semaines ou des mois sans en avoir goûté.

Le Dr Andrade s'étonne que ce qui a été répété *ad nauseam* par les journaux de droite soit vrai : plus de la moitié des combattants sont des enfants. Des adolescents déjà endurcis par la guérilla, dont les visages ont l'air d'avoir tout vu. L'organisation de la fête est tout aussi efficace et pacifique. Ils volent trois vaches, quinze cochons, quarante packs de bière, quinze caisses de sodas et vingt bouteilles de gaz qu'ils utilisent pour allumer des réchauds bricolés avec des tuyaux métalliques, pareils à ceux qu'ils utilisent dans leurs camps. À dix heures du soir, tout est prêt, et les plus jeunes guérilleros passent dans toutes les rues du village avec leurs bérets et leurs foulards rouges noués autour du cou pour annoncer la fête.

Les Forces armées révolutionnaires de Colombie vous invitent à la fête populaire et solidaire qui aura lieu ce soir sur le terrain de football de l'école Antonio-Nariño. Tout le monde est cordialement invité.

Les gens savent ce que signifie « cordialement invité » lorsqu'il s'agit des FARC, alors tout le monde, y compris les personnes âgées qui devraient se reposer et les enfants qui devraient dormir, arrive sur le terrain ce soir-là. Ils mangent, boivent, font semblant d'être calmes et détendus au milieu de tous ces types en uniforme et armés. La guerre, même dans ce port si loin de tout, a toujours été imprévisible et sans pitié. Tout le monde sait qu'aussi facilement qu'ils ont fait griller de la viande, les soldats des FARC peuvent commencer une séance d'exécution. C'est ainsi que cette guerre a toujours été et sera toujours, et c'est pourquoi personne ne se détend complètement, personne ne se soûle, tout le monde a un plan de fuite au cas où ça commencerait à canarder.

Andrade assiste à la fête populaire comme s'il était un fantôme, un fantôme effrayé et faible. Les guérilleros ont donné l'ordre de fermer le dispensaire pour que leurs propres médecins puissent soigner les malades, et il n'y aurait rien d'étonnant à ce qu'ils l'enlèvent et l'emmènent avec eux avant le retour de l'armée. De plus, l'infirmière vient de l'informer que tout a été pillé pour être transporté dans leur propre hôpital de campagne, dans la salle du Conseil. À une heure du matin, tout le monde peut enfin rentrer chez soi. Les guérilleros dorment dans des hamacs, les commandants dans le seul hôtel.

Andrade, mort de peur mais conscient que désormais rien ne l'arrêtera dans sa volonté de les soigner tous et de sauver Eva, accompagne la fillette Abril et l'infirmière jusqu'à la maison close pour qu'elles ne soient pas emmenées dans la nuit. Rien n'a fonctionné dans sa lutte pour sauver Eva, Abril n'a pas arrêté de pleurer, alors il a déjà passé quelques coups de téléphone, ceux qu'il a pu, et se prépare à parler au commandant de la guérilla à sept heures le lendemain matin.

12

La première bombe tonne dans le quartier de l'école quand tout le monde est déjà endormi. Le campement guérillero le plus proche est rasé par trois autres bombes. Quinze minutes plus tard, on entend de nouveau le bourdonnement des avions Kfir lançant deux nouvelles bombes sur l'école. Et dix minutes plus tard, quand déjà tout le monde est sorti dans la rue, ils en lancent six de plus : sur les ruines de l'école ; sur le bâtiment de la mairie ; sur la première caravane de guérilleros qui fuit par la route ; sur les cinq canots à moteur des guérilleros qui protègent la ville à partir de la rivière ; sur ceux qui essaient de se servir des bazookas depuis la place du marché.

Les gens en état de le faire courent dans n'importe quelle direction. La stratégie des militaires fonctionne parfaitement. Ils tuent presque trente guérilleros, en blessent plus de cinquante. Les morts de civils ne dépassent pas la dizaine. Avec une efficacité qui surprend même ceux qui commandent, trois corvettes de la marine arrivent au port et quarante hommes en tenue de camouflage de jungle sautent à l'eau et, comme il n'y a plus de quai, nagent vers la rive puis se mettent à marcher dans la rue principale à présent déserte, entre la fumée et le nuage de terre encore en suspension. Dans l'aéroport, deux avions Hercules atterrissent, bourrés de soldats et de matériel.

Les guérilleros qui n'ont pas été blessés essaient de tirer depuis des cachettes à proximité de la place du marché et de l'école. On leur répond avec des rafales de calibre plus important et ils finissent par se rendre, les mains en l'air, en file indienne. Les blessés sont emmenés par trois hélicoptères-ambulances à l'hôpital militaire de Bogotá. Une heure s'est passée depuis la première explosion, la municipalité a été reprise.

Dans un terrain vierge, les soldats qui viennent d'arriver creusent des tombes pour les guérilleros. Les familles reviennent pour récupérer leurs maisons. Le patron du Caney constate que son dancing est intact malgré la bombe du port et décide qu'il va ouvrir ce soir même pour que les gens surmontent la terreur en buvant et en dansant, c'est la seule manière de dépasser la peur. Le maire prépare une cérémonie de remerciement pour les colonels qui ont dirigé l'opération et pour le président, qui est sur le point d'arriver.

Cachés dans la basse broussaille qui pousse près de la rive, les émissaires de Carriazo attendent. Certains, les plus jeunes, sont effrayés. Il y a sept blessés, aucun grave. Le commandant sait qu'ils s'en tireront. Il s'est trouvé dans des passes beaucoup plus difficiles et il a survécu, pas toujours en entier. Il a trois projectiles conservés dans le corps en souvenir d'autres combats, une cicatrice qui traverse son ventre en diagonale, il n'a que deux doigts à la main gauche, il a attrapé la malaria et eu une leishmaniose. Être sans contact deux ou trois jours au bord du méandre d'une rivière, pendant la saison des pluies, entouré de ses hommes, sans avoir de quoi manger, mais ayant des armes et des munitions, ça fait partie de son travail.

Le deuxième jour, l'un de ses subordonnés parvient à réparer l'antenne et le récepteur du radiotéléphone, et il peut enfin reparler avec Carriazo, qui lui explique qu'un hélicoptère armé est en route. Un bataillon de l'armée de Villavicencio le lui a prêté. Il n'y a pas de contact direct avec l'équipage, donc la seule option qu'a le commandant est d'essayer d'être vu. *En tout cas, on va vous sortir de là, moi je ne vous abandonne pas, fils, vous le savez.* Le commandant le sait, bien sûr. Il s'est déjà trouvé le dos au mur auparavant et son chef a réussi à le sauver. C'est un bon commandant, il est fidèle, il sait tenir la troupe, il n'a peur de rien : il a trop de valeur pour être sacrifié.

Quand il a eu fini de parler, le commandant donne l'ordre d'écrire avec des troncs d'arbres, sur la colline, en lettres les plus grandes possibles, les initiales *AUV* (*Autodefensas Unidas del Vichada*). Une demi-heure plus tard, ils entendent l'hélicoptère. Ils ne peuvent pas le voir, cachés dans le feuillage des arbres, ils ne peuvent pas non plus le contacter par radiotéléphone, mais ils l'entendent, et quand ils pensent qu'il est très proche, ils lancent une fusée éclairante. Ils n'ont pas de chance : personne ne les voit. L'hélicoptère est arrivé du côté opposé de la drague, et les membres de l'équipage sont trop concentrés à le faire atterrir sur une surface qui a à peine la dimension suffisante pour que ce soit possible. Et ils y arrivent. Quatre très jeunes soldats descendent sur la plateforme métallique.

Ils auraient préféré ne pas les avoir vus, mais il est trop tard. Attachés à trois chaises en plastique, à une extrémité de la drague, trois cadavres déchiquetés par les becs des vautours, sans yeux, gonflés, sont sur le point d'éclater sous l'effet de la putréfaction. L'un des soldats doit se plier en deux au-dessus des eaux de la rivière et vomir. Les trois autres marchent jusqu'à la rive et explorent les broussailles. Ils ne trouvent rien. Ils laissent les cadavres à la merci des vautours et retournent à l'hélicoptère. L'homme en charge appelle Carriazo et lui rapporte ce qu'il a vu. Carriazo se met à jurer, il hurle que tout ce temps et ce fric il les a jetés aux ordures pour rien, il lui donne l'ordre de revenir immédiatement pour le retrouver dans une des haciendas du Vichada.

Le commandant éteint le radiotéléphone et met en marche le moteur de l'hélicoptère. Quand les pales commencent déjà à tourner, ils entendent des cris qui viennent de la colline. Le commandant dégaine son pistolet. Ce qu'ils voient, c'est un homme très maigre, couvert de boue de la tête aux pieds, les yeux grands ouverts et le visage déformé par les piqûres des moustiques. Il crie en agitant les bras.

Ils le laissent arriver jusqu'à l'hélicoptère, ils ne descendent pas. L'homme, le souffle court, leur explique. Il est l'un des mineurs. Ça fait deux jours qu'il est caché dans la colline, seul, depuis qu'il y a eu une lutte sur la drague. Les paramilitaires sont déjà partis. La guérilla est déjà partie. Le commandant lui dit qu'ils vont l'amener à Puerto Inírida, qu'il se calme. Il lui propose une gourde avec de l'eau. L'homme la vide, sans reprendre son souffle. Quand il a fini, le commandant lui demande depuis combien de temps il travaille là. Plus de cinq ans, lui répond l'homme. *Et l'or que vous avez trouvé est suffisant pour combien de dragues, l'ami ?* L'ordre de Carriazo est de retrouver les combattants disparus et de les ramener à Vichada, il ne lui a pas dit de poser des questions, mais le commandant sait très bien que, sans l'or, rien de tout ça ne serait arrivé, lui-même ne serait pas là.

L'homme le regarde dans les yeux et reste silencieux pendant plusieurs secondes, sachant qu'il ne devrait pas dire ce qu'il s'apprête à dire, mais sachant aussi qu'il n'a pas le choix, que ce type armé va le faire parler par tous les moyens. Il a assisté à l'interrogatoire de ses trois compagnons, caché dans la brousse. Il a vu comment l'autre commandant paramilitaire les a battus et égorgés. Alors il dit la vérité, il sait que c'est la seule chose qui peut lui sauver la vie.

Il y a pas d'or ici, commandant.

Il y a la même chose que d'habitude.

Rien de plus.

Assez pour me nourrir et nourrir les trois ouvriers qu'ils ont déjà tués, pour que mon patron gagne un peu d'argent.

Et c'est tout, commandant, ici il y a pas plus d'or que ça.

Le commandant n'a pas besoin de réfléchir plus d'une seconde.

Il n'est pas payé pour réfléchir mais pour agir.

Il sort son pistolet, lui tire une balle dans le front et donne l'ordre de décoller.

C'est Andrés qui assume le rôle de père, maintenant qu'El Gordo Ochoa est un fantôme et que l'existence d'Eva s'effiloche. Papa d'Abril, bien sûr, mais aussi (ou du moins c'est ce qu'il ressent) père d'Ana et d'Andrade et de La Madrina, tous contraints par les circonstances de vivre dans le *galpón* d'Eva. Il est le seul à être du coin, le seul à appartenir à une famille que respectent les militaires et les paramilitaires, le seul qui sait comment fonctionne le pouvoir et, malgré son jeune âge, le seul qui sait réellement ce qu'il faut faire quand le monde s'effondre comme il s'est effondré.

La nuit du bombardement, La Madrina était sortie dans la cour insulter à voix haute les pilotes, l'armée, le président, essayant de chasser à coups de tong les avions, comme on chasserait des oiseaux. L'avant-dernière bombe lui était littéralement passée au-dessus de la tête avant de réduire en gravats ce qui lui avait demandé sept ans de travail acharné. En une poignée de secondes, elle était restée sans maison, sans lits, sans putes. Elle avait couru vers les ruines de la cuisine, s'était assise sur les décombres et avait pleuré là pendant plus d'une heure, le regard perdu dans le vague, sachant qu'elle devait commencer une troisième vie et qu'elle n'en avait plus la force nécessaire.

Ensuite, elle fut emmenée de force jusqu'à l'ambulance du dispensaire sur l'ordre d'Andrade, bien qu'elle n'eût pas été blessée. Au dispensaire, le docteur essaya de la convaincre d'aller dormir au *galpón* et tenta de lui donner un sédatif, mais ses deux tentatives échouèrent. La Madrina resta assise sur le trottoir, en face de l'établissement médical, et ce n'est qu'à presque onze heures du soir qu'elle réalisa qu'elle ne voulait pas passer cette nuit avec les autres mais que, à part le *galpón*, elle n'avait pas d'endroit où dormir.

Alors, elle se mit à marcher, là mais aussi autre part, comme une âme en peine, jusqu'à la plus grande salle de billard, où elle commanda une bière et s'assit sur une des chaises en plastique du trottoir pour voir passer des infirmiers, des soldats, des blessés de tout genre. Comme un miracle, sortant de la salle de billard, apparut Ana. Elle lui paya une bière et tout en la regardant boire elle lui dit que les autres étaient mortes et que dorénavant toutes deux se consacreraient à autre chose. Elles foutraient le camp de cette ville maudite et prendraient un nouveau départ, dans la grande ville, ensemble.

Quand Ana eut fini d'engloutir sa bière d'un coup, sans faire de pause, La Madrina en commanda deux autres. Elles n'eurent pas besoin de parler davantage. En silence, heureuses d'être vivantes et convaincues qu'ensemble elles pourraient se réinventer, que leurs forces associées seraient suffisantes (et Ana pensant secrètement qu'elle pourrait emmener le Dr Andrade), elles se consacrèrent à regarder les premiers hommes ivres qui remontaient déjà la rue vers les *cantinas* ouvertes toute la nuit et de là vers la route de l'aéroport, en direction d'une maison close qui n'existait plus.

Au cours de ces journées de peur, le seul réconfort d'Abril, c'est Andrés. Il joue avec elle aux cartes, regarde la télé à ses côtés, lui demande un coup de main pour couper la mauvaise herbe du jardin, l'emmène manger des glaces sur le port, lui raconte des histoires fantastiques d'animaux, la fait rire en les imitant. Il la convainc, sans en être lui-même convaincu, qu'Eva peut revenir à n'importe quel moment, aussi en forme et heureuse que lorsqu'elle est partie. Personne dans la ville n'a plus revu El Gordo. Personne ne sait s'il est vivant ou mort, s'il n'a pas foutu le camp en secret vers les méandres de l'or caché.

Andrade s'occupe des soldats et des policiers blessés par la guérilla, par contre il ne peut pas aider à sauver les blessés guérilleros parce que, après le bombardement, l'armée a occupé le dispensaire et les a tous embarqués à Bogotá pour qu'ils soient jugés pour sédition et terrorisme.

Au milieu de cette désolation, ou justement grâce à elle, en voyant la maison close détruite et en flammes, en voyant Ana en pleurs, Andrade sent qu'il est éperdument amoureux, que plus rien désormais n'a d'importance, qu'il va foutre le camp avec elle loin de cette ville, de cette guerre qui n'est pas la sienne et qui dorénavant ne les laissera plus en paix. Ce qui a commencé comme une échappatoire et s'est transformé en une douce farce enfonce à présent de vraies racines dans la terre de la jungle, et Andrade sent qu'Ana et lui sont irrémédiablement liés.

Ses plans d'évasion sont puérils et maladroits, sans aucune prise sur la réalité, et pour cela même ce sont les meilleurs possibles. Il imagine une grande ferme dans la zone des cafetiers, il imagine des chevaux et des chiens et des enfants qui courent le long du *barandal*. Il délire et sait qu'il délire, mais il ne va pas céder un pouce jusqu'à réussir à faire de ce caprice une réalité. Si on l'oblige à choisir entre la médecine et cette vie parfaite, il abandonnera la médecine. Il imagine en détail la première scène de cette nouvelle vie, ils se tiennent tous deux par la main, assis dans le petit avion qui les sortira de cet enfer, enfin libres, heureux comme des enfants.

Comme Abril, Andrade est convaincu qu'Eva est toujours vivante. Il passe deux jours à appeler quiconque a quelque pouvoir dans la ville, jusqu'à ce qu'un colonel très blanc, avec un air perpétuellement dégoûté, lui apprenne qu'un hélicoptère-ambulance va partir cet après-midi même, il atterrira à la nuit tombante au niveau de la courbe de la rivière et cherchera des blessés (guérilleros, ou paramilitaires, ou mineurs) pour les ramener au port où ils seront soignés dans le dispensaire. Ils n'ont pas besoin de lui, lui explique le colonel. Il est plus utile en ville, à faire son travail.

Andrade ne peut qu'accepter, mais une demi-heure avant le décollage de l'hélicoptère, l'ordre lui parvient, transmis par l'un des soldats. Contre la logique, contre toutes les probabilités, il va être du voyage. Quelqu'un a intercédé, même s'il n'a pas demandé d'aide. Au début, il croit que c'est peut-être El Gordo Ochoa, mais finalement il rejette cette possibilité. Ça fait deux jours qu'El Gordo a disparu, sûrement chassé ou assassiné par ses propres patrons. Dans les faits, El Gordo n'existe plus. Andrade ne sait pas, et il l'apprend seulement une fois qu'il est dans l'hélicoptère, qu'Eva a un autre ange gardien, plus jeune et avec de meilleures relations.

À cinq heures de l'après-midi, l'hélicoptère décolle du terrain de football. Il leur faut près d'une heure pour atteindre le méandre. Devant l'insistance d'Andrade, le responsable explique que c'est le père d'Andrés, le gouverneur, qui a intercédé pour qu'il puisse les accompagner. Andrade profite de cette information pour demander qu'avant de se rendre au méandre de l'or, ils survolent les marécages de Macuy. Ils le font. Ils ne trouvent rien.

Arrivé à la courbe, contrairement aux instructions reçues par radio, le pilote décide d'atterrir sur la drague elle-même. Les corps sont toujours là. Les vautours aussi, qui prélèvent le peu qu'il en reste. Et dans un bourbier, à côté de la drague, un autre corps, encore chaud, celui d'un très jeune mineur. Il n'y a pas de blessés. Andrade demande aux soldats de fouiller les broussailles, il leur montre un sentier étroit ouvert à la machette. L'infirmier en chef, après avoir consulté ses supérieurs par radio, donne l'ordre de partir.

L'hélicoptère s'élève verticalement au-dessus de la drague et, à une centaine de mètres du sol, Andrade est le seul à voir la traînée rouge d'une seconde fusée. Elle vient d'un promontoire, très proche de l'endroit où ils se trouvent. Il prévient le pilote, qui demande au lieutenant-infirmier l'autorisation de se rendre là où la traînée est encore visible. Ils s'approchent en suivant le cours de la rivière, le plus haut possible pour éviter d'éventuels tirs lancés à partir des arbres. Lorsqu'ils atteignent une courbe particulièrement prononcée, devant des rapides, ils aperçoivent sur une éminence le sigle fait avec des troncs d'arbres : *AUV*.

C'est peut-être un piège de la guérilla, mais le commandant prend le risque et donne l'ordre de se poser. Les premiers à sortir de l'hélicoptère sont deux infirmiers-soldats armés. D'entre les broussailles émerge le commandant des paramilitaires, brandissant un tee-shirt blanc. Il s'arrête à une cinquantaine de mètres des soldats et leur dit qu'il est le coordinateur d'une expédition envoyée par Victor Carriazo pour sonder les possibilités d'un gisement d'or. Il leur explique qu'ils ont été attaqués par la guérilla, qu'il commande vingt hommes et qu'il y a sept blessés. *Des paramilitaires de Carriazo, mon lieutenant*, dit le jeune soldat à son supérieur, comme si tous ne l'avaient pas entendu.

Allez avec lui. Prenez deux infirmiers avec vous. Amenez les blessés rapidement parce que la nuit va tomber et qu'il va y avoir de l'orage.

Au bout d'une demi-heure, une fois les blessés installés sur des civières, reliés à des poches de sérum ou de médicaments, et leurs plaies bandées, l'hélicoptère s'envole en direction de Puerto Inírida. Le Dr Andrade s'approche du commandant paramilitaire, qui, les coudes sur les cuisses, fixe le sol. Il lui pose directement la question. Il lui dit qu'il est le médecin responsable du dispensaire de Puerto Inírida. Une de ses infirmières distribuait de la nourriture et des produits de première nécessité aux communautés du haut Inírida lorsque les combats ont commencé. Il lui demande s'il sait quelque chose à propos d'elle ou de son batelier.

Il est sûr que le commandant sait de qui il parle. Un tressaillement de surprise traverse le visage de ce dernier, que l'expérience des affaires de guerre transforme immédiatement en une moue moqueuse, méprisante. Il se redresse enfin et le regarde de haut en bas.

Vous devriez pas négliger vos infirmières comme ça, docteur. La jungle recèle de nombreuses bêtes sauvages qui peuvent en faire leur proie. Un petit brin de femme seul au milieu de cette sauvagerie. Si j'étais vous, je leur interdirais de quitter la ville.

Et ensuite de nouveau ce sourire de mépris, un dernier regard de haut en bas. Et le silence. Andrade sait qu'il sait ce qui est arrivé à Eva. Et il sait aussi que jamais il ne le lui dira. Parce que c'est lui qui l'a tuée. Lui ou l'un de ses hommes. Ou parce que lui ou eux l'ont violée et abandonnée dans la rivière ou dans la jungle. Il se rend compte que jamais ils ne le sauront. Ni lui, ni Ochoa, ni Abril. Que jamais ils ne verront le corps, jamais ils ne sauront s'il s'est décomposé au fond de la rivière ou s'il a été mis en pièces par les animaux et la pourriture des marécages.

13

C'est La Madrina qui la trouve. Elle et Ana cheminent sur la route qui longe la rivière tandis que le jour se lève. Elles sont allées rechercher le sachet en plastique plein d'argent que La Madrina avait enterré au pied d'un poteau électrique, près d'une citerne. C'est le seul argent qui leur reste et ça sera suffisant pour commencer une nouvelle vie. Elles sont déjà sur le chemin de retour, la peur les fait trembler mais aussi l'émotion de savoir que tout peut repartir de zéro, que le jour suivant elles pourront renaître, quand elles voient passer un âne qui traîne une charrette sur laquelle repose une forme qui a l'air d'un corps enveloppé dans des draps blancs.

C'est La Madrina qui, en apercevant cette forme, crie au gamin indigène de s'arrêter. L'enfant, effrayé, dit que ce sont deux indigènes qui ont tiré le corps hors de la rivière et le lui ont remis, qu'ils lui ont donné cinq régimes de bananes pour l'amener en ville et le laisser devant le dispensaire. *Mais cette dame elle est déjà morte…* La Madrina s'approche du corps et elle la voit. C'est Eva, Eva qui a l'air morte et qui soudain tousse, et une petite bulle de sang se forme sur les lèvres. Elle respire son propre sang, elle est enveloppée dans un drap comme une momie, mais elle est vivante.

La Madrina dit à Ana de filer au *galpón*. Quinze minutes passent, pendant lesquelles La Madrina serre contre elle le corps et lui parle à l'oreille, et enfin arrivent Andrade, l'infirmière et Andrés dans l'ambulance. Personne ne prévient Abril. Elle est dans le bureau d'Andrade quand elle entend la sirène de l'ambulance et les cris qui accompagnent l'arrivée d'un blessé, et alors elle sait, c'est ainsi, que c'est sa maman. Quand elle la voit, elle enlace ses pieds et ne veut plus la laisser. Elle reste à côté du brancard deux jours et deux nuits, demandant à la vie de ne pas quitter sa mère. Et Eva ne meurt pas. La balle a fendu une côte et est ressortie par le dos, en brisant l'omoplate, mais n'a pas touché d'organes vitaux ni d'artères importantes. Son corps a perdu énormément de sang et la plaie est infectée, mais rien dont on ne puisse venir à bout avec du sérum, des antibiotiques et de la gaze.

Andrade fait tout ce qu'il peut pour aider ce corps à récupérer, ce corps très maigre, très blanc, couvert de tatouages, déshydraté, meurtri, inconscient, dévoré par les insectes. D'abord au dispensaire, puis dans le *galpón*. El Gordo Ochoa ne revient pas. Eva sait que le pire n'est pas qu'ils l'aient tué. Le pire, c'est qu'ils l'ont probablement fait disparaître aussi, c'est-à-dire qu'ils l'ont démembré, ou enterré dans la jungle, ou jeté dans la rivière, ou dissous dans un baril d'acide. En tout cas, ils ne l'ont pas seulement puni, lui, ils l'ont aussi punie, elle, sa seule dolente, qui ne saura jamais ce qu'il est advenu de son amour, comment il a été assassiné, s'il a été assassiné.

Une semaine de réclusion et de cauchemars est passée, Eva décide de tout lâcher. Elle quitte la ville avec Abril. Elle n'a rien à faire ici, convalescente et sans personne à aimer. Elle peut mieux s'occuper d'Abril en ville. Elle ne pense pas retourner à Bogotá, ce territoire glacé, sans pitié, qui l'attend pour la dévorer de nouveau. Elle pense à Cali, à Barranquilla. Elle se donne un délai d'un mois à Bogotá pour trouver un travail dans une autre ville, n'importe laquelle, et elle se jure (comme se le jurent tous les drogués, sans le croire tout à fait) qu'elle pourra se tenir à distance de la fête, des vieux amis, des bars, de la cocaïne. C'est un mauvais plan, mais elle n'en trouve pas de meilleur.

C'est au milieu de la nuit du onzième jour que quelques petits coups à la fenêtre réveillent Eva. Abril dort, elle est heureuse de pouvoir se lever par ses propres moyens, de pouvoir marcher. Elle écarte le rideau et elle le voit. C'est El Gordo. Il est vivant.

Ils passent toute la nuit éveillés dans le lit, enlacés, se regardant dans les yeux, sans pouvoir croire qu'ils ont survécu, et, même s'ils savent que la partie ne prendra fin que lorsqu'ils auront foutu le camp et qu'ils ne l'ont pas encore fait, heureux d'être arrivés jusque-là. Le matin, Abril se glisse entre eux deux, comme si elle avait été la seule à avoir su depuis le début que tout ça était possible. Le retour de sa mère, l'apparition d'Ochoa, la vie qui s'impose. El Gordo ne le leur a pas dit, mais il a déjà parlé avec La Madrina. Ils s'en iront dès qu'Eva sera prête. Ils s'en iront ensemble, tous les six, dans le même avion, comme la famille qu'ils forment maintenant, cette famille dysfonctionnelle mais indestructible : Andrade, Ana, El Gordo, Eva, Abril et La Madrina. À Bogotá, chacun tracera son propre chemin.

El Gordo ne leur dit rien de ce qu'il a projeté pour eux trois. Une fois arrivés dans la capitale, il ne donnera pas à Eva l'occasion de retrouver la fête. Ils prendront un car pendant onze heures, jusqu'au moment où ils arriveront à son village. Caché dans une vallée tempérée de la cordillère Orientale, c'est le seul village qu'il connaît où la guerre n'est pas arrivée. Entouré de petits champs de caféiers et de bananiers, peuplé de paysans prospères. La guérilla n'y a jamais trouvé de partisans, et, pour les paramilitaires, il n'y a jamais eu de coca dans la région, ni de pétrole, ni de bétail, ni de grandes exploitations qui justifieraient la création d'une armée d'expropriation.

Et puis les chefs d'El Gordo n'ont pas idée de son origine, ils ne savent pas qu'il est né là ni que sa seule famille encore en vie est composée de deux tantes qui pourront les aider dès qu'ils arriveront. Avec ses quelques économies, il ouvrira une épicerie, cultivera une plantation de caféiers, acquerra une jeep pour acheter aux paysans et vendre dans les villages. N'importe quoi, sauf rester dans ce port. N'importe quoi, sauf continuer à être en guerre. Maintenant, il a une fille et une femme à protéger et il préfère renoncer à l'adrénaline et au rêve toujours inaccessible de devenir millionnaire que de les voir mourir aux mains de ses ennemis.

La deuxième nuit, il explique à Eva qu'il est dangereux qu'ils demeurent dans la même maison, qu'il ira dormir pendant une autre semaine dans un hameau curripaco ; qu'une fois arrivé le jour de la fuite, il lui fera savoir dans quel petit avion ils partiront, qu'ils se retrouveront directement dans l'avionnette. Ce soir-là, Eva lui dit au revoir comme s'il allait se faire fusiller et non pas se cacher. Elle l'embrasse sur le cou, le visage, le front. Elle pleure. Elle lui murmure de ne pas les abandonner. El Gordo pleure aussi, pour la première fois de sa vie, et lui dit qu'il les protégera de loin et que, le jour prévu arrivé, ils s'en iront tous les trois ensemble, pour ne pas revenir.

Au début, tous croient qu'Andrade est allé se reposer à l'hôtel, où il vient de passer deux semaines avec Ana, depuis la réapparition d'Eva, bien qu'il soit deux heures de l'après-midi un jeudi. Ils ne le cherchent pas. Ni ce jour-là, ni cette nuit-là qu'Ana passe éveillée, convaincue que, la fuite approchant, il s'est souvenu qu'il est médecin et elle, pute, et qu'il l'a abandonnée. L'après-midi du deuxième jour, Ana va chez lui pour voir s'il s'y est réfugié et, quand on ne lui ouvre pas, elle entre par une fenêtre restée ouverte. Le docteur n'est pas dans son lit. Au lieu de son corps, un immense boa, humide, est enroulé autour des barreaux métalliques de la tête de lit, se mouvant très lentement.

Quand elle retourne au dispensaire pour parler avec l'infirmière, la nouvelle est déjà arrivée. Face contre terre dans un enclos, très près de la rivière, c'est ainsi que les Indiens l'ont trouvé. Les mains attachées dans le dos, deux balles dans la nuque. Autour du cou, les assassins ont laissé un morceau de carton avec un avertissement.

CRAPOT BOURJOI AU SERVISE
DU GOVERNEMENT

Les Indiens portent le cadavre enveloppé dans un drap, comme dans une procession à laquelle personne ne prête attention. Ils l'amènent directement au dispensaire, même s'il est évident que le docteur est mort. C'est l'infirmière qui le reçoit, mais c'est le lycéen Andrés qui, seul, a le courage nécessaire pour le dire à Ana. Elle ne pleure pas, elle ne crie pas. Elle accepte en silence que cette guerre soit beaucoup plus grande qu'elle, qu'eux tous, et qu'elle enlève qui elle veut enlever. Elle ne demande qu'à être emportée elle aussi, dit qu'elle n'a pas de raison de vivre. Elle passe la nuit suivante à l'hôtel, à dormir et à pleurer dans les bras de La Madrina.

La Madrina, qui sait tout ce qui se passe, n'a rien vu venir. C'est la veille de l'aéroport et de l'avion, de la fuite définitive. Andrés s'est proposé pour porter dans les hangars de l'aéroport ce qui doit partir et pour répartir dans des maisons d'amis ce qui devra rester. Il vient de vider le camion, et en cet instant plus rien ne les sépare du moment où ils s'en iront tous. Aucun d'eux ne s'est aperçu que le jeune homme, bien qu'il soit l'héritier le plus envié du département (celui à qui il revient de récupérer tous les votes, tous les contrats, tous les politiciens), ou justement parce qu'il l'est, veut s'en aller lui aussi, comme tous les autres.

Son père est le gouverneur, le maître de tout, sa mère est la plus heureuse et la plus riche des maîtresses de maison. Lui-même a un brillant avenir dans n'importe quelle université de Bogotá, et, pour après, la garantie du capital nécessaire pour devenir le patron du département, mais ce que lui veut, la seule chose qu'il veut en cette semaine où toute sa famille s'en va (sa véritable famille : l'ex-droguée, l'ex-patron des mines, l'ex-prostituée et l'ex-Madame), c'est de s'en aller lui aussi. Envoyer tout se faire foutre pour s'en aller comme eux, comme s'il n'avait d'autre possibilité que détaler, fuir, comme si rien ne le retenait à ce port qu'il déteste et dont, fatalement, il sera le maître.

Alors, ils ne voient rien venir, ni La Madrina, ni Eva, parce que lui-même, Andrés, ne voit rien venir. Il regarde le camion vide, il regarde Eva assise sur un trottoir et, comme s'il était ivre, il avance en titubant jusqu'au trottoir d'en face, il s'assoit, la regarde et fond en larmes. Sans pause, avec de grosses larmes, jusqu'à ce que La Madrina s'approche de lui, lui donne un soda et lui propose que tous fument l'une de ses cigarettes de marijuana en guise d'adieu.

Et c'est tout.

Ne reste plus qu'un jour à endurer pour El Gordo, une nuit de cauchemars pour Eva et une nuit de pleurs pour Ana. À l'aube du deuxième jour, c'est El Gordo qui entre le premier dans l'avion. Il s'assied dans la dernière rangée une demi-heure avant tous les autres. Une rangée plus avant s'installent, ensemble, La Madrina et Ana. Eva est la dernière à monter, tenant par la main Abril. Elle pourrait se retourner sur la passerelle et regarder la silhouette sombre des grands arbres contre le ciel de l'aurore. Elle pourrait fermer les yeux et mieux sentir la brise déjà humide et entendre les milliers d'insectes de la jungle. Elle pourrait les ouvrir de nouveau et entrer dans la carlingue les larmes aux yeux, sachant qu'elle ne reviendra jamais. Elle pourrait s'élancer dans les bras d'El Gordo pour que ce soit lui qui la console.

Mais rien de tout cela ne se passe.

Eva ne regarde pas en arrière. Jamais elle ne l'a fait et cette fois-ci ne sera pas la première. Elle ne fait que monter à bord et s'asseoir sur la première rangée sans attendre qu'un jeune type ferme la porte de l'extérieur et retire la passerelle. Elle ne regarde pas par le hublot. Elle cherche la ceinture de sécurité, qui est restée coincée entre son siège et le voisin. Ses mains tremblent, son cœur bat dans son cou, comme si, de nouveau, elle était affalée, blessée au fond de la *curiara*. Elle tire sur la ceinture de plus en plus fort, essaye de décoincer la boucle. Bien qu'elle sache que cela n'a aucun sens, comme si elle était une fille et non une mère, elle donne trois coups de poing au boîtier et sent ses yeux s'embuer tandis que la peau des jointures se déchire.

De 1964 à 2016, la guérilla communiste des Forces armées révolutionnaires de Colombie (FARC) a mené une guerre brutale contre les forces de l'État colombien. À partir des années 1980, les principales factions de l'armée se sont alliées aux armées paramilitaires d'extrême droite, financées par de grands groupes économiques, légaux comme illégaux. Pour s'approvisionner, les guérillas, de leur côté, ont eu recours aux enlèvements, au trafic de drogue et au vol d'essence, entre autres. L'exploitation minière, légale et illégale, a constitué un carburant efficace pour les deux camps. Le résultat de ces cinquante-deux années de combat est le suivant : 7 134 000 personnes déplacées ; 983 000 morts ; et 166 000 disparus. Le 26 septembre 2016, un accord de paix définitif a été signé. Les groupes qui ont investi leur argent dans la guerre sont toujours en place.

Notabilia

Catalogue

01 *Dernier voyage à Buenos Aires*
Louis-Bernard Robitaille

02 *Trois cercueils blancs*
Antonio Ungar

03 *Journal d'un recommencement*
Sophie Divry

04 *Lutte des classes*
Ascanio Celestini

05 *La mer de la Tranquillité*
Sylvain Trudel

06 *Franz Schubert Express*
Tecia Werbowski

07 *Et au pire, on se mariera*
Sophie Bienvenu

08 *Solstice d'hiver*
Svetislav Basara

09 *Discours à la nation*
Ascanio Celestini

10 *Siège 13*
Tamas Dobozy

11 *N'oublie pas, s'il te plaît, que je t'aime*
Gaétan Soucy

12 *La condition pavillonnaire*
Sophie Divry

13 *Le dernier gardien d'Ellis Island*
Gaëlle Josse

Hors collection

Prosper à l'œuvre
Éric Chevillard (illustré par Jean-François Martin)

Le Tram de Noël
Giosuè Calaciura

Et recoudre le soleil
Gaëlle Josse

Pantelleria. La dernière île
Giosuè Calaciura

La Relève #1
Collectif

Retrouvez toutes nos publications sur
www.leseditionsnoirsurblanc.fr

COMPOSITION ET MISE EN PAGES
NORD COMPO À VILLENEUVE-D'ASCQ

CET OUVRAGE A ÉTÉ ACHEVÉ D'IMPRIMER
SUR ROTO-PAGE
PAR L'IMPRIMERIE FLOCH À MAYENNE
EN DÉCEMBRE 2023

N° d'impression : 103702
Dépôt légal : janvier 2024
Imprimé en France